AF204090

Nimm einen Greis, der sanft entschlief, ein junges Ding, das man vom Felsen stieß, einen Geiger, der den letzten Ton nicht traf und einen König, den man der Eisernen Jungfrau gab. Nimm sie und zähl' die Jahre, die sie lebten. Zieh sie von heute ab. Und zähle weiter fort, damit die Geschichte beginnt.

Aus „Anan und das Bild vom Seepferdchen" von Michael Habel

Es war einmal ...

und ist noch immer

-Märchenhafte Geschichten-

Herausgeberinnen:
Karin Braun & Gabriele Haefs

 tredition®

Impressum:

Es war einmal ... und ist noch immer
- Märchenhafte Geschichten -
Das Copyright für die Geschichten liegt bei den
AutorInnen.
Herausg.: Karin Braun & Gabriele Haefs
Titelbild: Carmen Loger
Cover und Satz: Karin Braun
978-3-347-12455-4 (Paperback)
978-3-347-12456-1 (Hardcover)
978-3-347-12457-8 (e-Book)
Verlag und Druck: tredition GmbH, Halenreie
40-44, 22359 Hamburg

2. Auflage

Vorwort

Gabriele Haefs

Mit den Märchen ist es wie mit dem sprichwörtlichen Elefanten: Alle erkennen ihn sofort, wenn er in den Raum tritt, aber niemand kann ihn so beschreiben, dass jemand anderes ein klares Bild von ihm hat. Nicht einmal dem größten Märchenforscher von allen ist es gelungen, eine klare Definition des Begriffes Märchen zu geben – Jacob Grimm hat den Versuch irgendwann aufgegeben. Aber brauchen wir eine Definition, wo wir doch wissen (naja, zu wissen glauben), was ein Märchen ist? Es gibt natürlich den Prototyp, sozusagen das * Märchen (hier wird es wissenschaftlich, aber wir hören gleich wieder auf). Eine Heldin oder ein Held muss eine Aufgabe erfüllen, es gibt Gehilfen und Widersacher, am Ende die Belohnung. Alles ist von scharfen Gegensätzen geprägt, König und Grindkopf, Gold und Pech, Kluge Bauerntochter und törichter Prahlhans. Eigentlich muss alles dreimal passieren, zweimal geht alles schief, beim dritten Mal geht es dann gut. Und niemand lernt aus den Erfahrungen anderer, sondern macht genau den

Fehler, der nicht gemacht werden darf einfach, weil es gerade erst der zweite Versuch ist, oder weil es die zweite Schwester ist, die ihn unternimmt, nicht die dritte. Nebenfiguren, die die Handlung weiterbringen, interessieren nicht. Wenn die wahre Braut nach unsäglichen Qualen ihren ungetreuen Bräutigam zurückgewonnen hat, erzählt uns das Märchen nicht, was die neue Braut (die nichts vom Vorleben ihres Liebsten wusste) dazu sagt oder was aus ihr wird.

Es gibt einen wunderbaren langen, ausführlichen Katalog der Märchenmotive, hier nur ein paar willkürlich herausgefischte Beispiele:

- Der Mann auf der Suche nach der verlorenen Ehefrau
- Die Tierbraut
- Die Prinzessin, die einen ungeliebten Freier verachtete
- Prinzessin in eine Kröte verwandelt

Kurzum, wir können uns die passenden Motive aussuchen und unser Märchen daraus zusammensetzen. Nichts anderes haben, seit es Märchen gibt, die Erzähler*innen aus aller

Welt gemacht, und so finden wir in Märchensammlungen aus unterschiedlichen Ländern auch immer Motive, die auf das jeweilige Land hinweisen – und sei es nur, dass es sich bei dem Riesen, dem ein Herz entwendet werden muss, anderswo um einen Troll handelt. Dazu aber kommen individuelle Entscheidungen. Das schreibt Mark Asadowskij, der Vater der modernen Märchenforschung, 1926 in seiner Studie über die sibirische Märchenerzählerin Natalja Ossipowna Winokurowa: „Vom persönlichen Geschmacke eines jeden Erzählers hängt die Wahl der Märchen aus dem Vorrate ab, welcher in der betreffenden Gegend sich erhalten hat." Lebensgeschichtliche Aspekte fließen ebenfalls in eine neue Version der Geschichte ein, wenn die Erzählerin sich damit auseinandersetzt – Natalja Winokurowa hatte Versionen von Erzählungen aus 1001 Nacht in ihrem Repertoire, von denen unklar blieb, wie und wann die nach Sibirien gelangt waren, aber bei ihr fehlten alle sexistischen Zutaten der gedruckten Fassungen. Ihre Märchen waren durch die Erfahrungen einer klugen alten Frau geprägt – während ihr deutsches Pendant, Egbert Gerrits, der als Wanderarbeiter immer am Hungertuch genagt hatte, seinen

Märchenhelden reichlich Tabak und Schnaps zukommen lässt.

Was sagt das nun über die vorliegende Märchensammlung? Vom Geschmacke des Erzählers hängt vieles ab, doch der Geschmack der Herausgeberinnen spielt auch eine Rolle. Wir haben aber nicht, wie manche herausgebenden Herren früherer Zeiten (s. die Geschichte von Olea Crøger) die Geschichten unseren Moralvorstellungen entsprechend umformuliert, wir haben ganz einfach nur solche ausgesucht, die unserem Geschmacke entgegenkommen. Wir haben Autorinnen und Autoren gefragt, von denen wir sicher waren, dass sie etwas Gutes in der Schublade hatten oder schreiben würden, und Texte von solchen ausgesucht, die wir nicht mehr fragen können, die aber wunderbare Dinge hinterlassen haben. Und wir sehen, es ist alles vorhanden, was zur Märchenwelt gehört: Feen, Hexen, Zauberkünste, tumbe Königssöhne, tatkräftige Prinzessinnen und der verachtete dritte Bruder, der in der Asche haust und am Ende doch das im wahrsten Sinne des Wortes große Glück macht. Bei Geschichten aber, die so sehr heute spielen, dass der böse Troll googelt, ehe er der rächenden Prinzessin gegenübertritt, ist

hinter den modernen Requisiten die alte
Magie unversehrt aufs Schönste erhalten und
die Tradition bleibt ungebrochen.

Gabriele Haefs

Ein Halm

war so grün wie jung
und verwegen genug
überall herumzustochern

niemand wusste
woher er kam
wer ihn gesät
in die Furche gelegt

unter die Erde gebracht
alle Welt wunderte sich
die Kinder läuteten Sturm
der Mond lächelte still

die Erwachsenen hielten
den Atem an und
einander die Hände
denn sie fürchteten sich.

Marion Hinz

Das Mädchen und der Geist in der Laterne

Brigitte Beyer

Es war einmal ein Mädchen, das wollte hinausziehen in die Welt, um sich anzusehen, ob es woanders wohl anders zugehen mochte als daheim.

Ihre Mutter betrübte das sehr, schließlich war es ihre einzige Tochter und sie hatte weder zwei weitere Töchter noch drei weitere Söhne, wie es sich eigentlich für ein Märchen gehört.

Aber da sie wusste, dass ihre einzige Tochter halsstarrig wie drei war, so ließ sie sie gehen und gab ihr zum Abschied nur eine Laterne mit. Na, ich weiß nicht, das alte Teil kriegt man auch mit Polieren nicht mehr ansehnlich, bedankte sich das Mädchen. Wenn du an ihr reibst, erklärte die Mutter, dann erscheint dir ein dienstbarer Geist, der aber, sie zögerte kurz, mit Vorsicht zu genießen ist. Welcher Geist ist das nicht, dachte das reiserüstige Mädchen und wurde langsam ungeduldig. Ich weiß schon, wenn man nicht alles selber macht!

Denn, schloss die Mutter, die merkte, dass sie zum Ende kommen musste. Sie kannte ihre Tochter gut genug, um zu wissen, dass sie sie auch mit noch so langen Märchen nicht mehr von ihrem Vorhaben abbringen konnte. Er kann nicht wirklich zaubern, erklärte sie. Ach so. Sondern nur Hinweise geben. Alles andere muss der Besitzer der Laterne dann selber machen. Also wie im wirklichen Leben.

Und außerdem … Was denn noch? Ist der Geist kein großes Licht und es kann gut sein, dass man seinen Hinweisen besser nicht nachgehen sollte. Ach, so ist das also, dachte das Mädchen und schaute in den blauen Himmel, mir wird schon selber ein Licht aufgehen. Sonst verschenk sie weiter, schlug die Mutter vor und umarmte ihre Tochter zum Abschied. Was, nach dem, was du bisher erzählt hast, nicht wirklich ein Nachteil zu sein scheint. Ich brauche sowieso keine Wunderlaterne, aber was soll´s.

Und so zog das junge Mädchen neugierig in die Welt hinaus, mit wenig Provi-ant, vielen mütterlichen Ratschlägen und einer verbeulten Laterne. Und so ging sie in den Wald, den es damals noch reichlich gab, denn es ist ja ein Märchen.

Aber auch in einem Märchen kann man Hunger bekommen, und weil sie nach den vielen Erklärungen ihrer Mutter doch etwas überstürzt losgezogen war, hockte sie sich in den finsteren Tann und rieb an der Laterne. Einen Versuch war es wert. Prompt quoll Qualm hervor und der Geist nahm Gestalt an. Der war wohl seit den Anfängen der Laterne nicht mehr beim Frisör gewesen, mutmaßte sie und wartete.

Der Laternengeist, der noch im Stimmbruch zu sein schien, verneigte sich vor ihr, das ist schon mal nett, dachte sie, und sprach zu ihr: Was willst du, Herrin meiner Laterne? Etwas zauberischer könntest du dich schon ausdrücken, so mit was ist dein Begehr oder so. Na ja. Ihre Mutter hatte ihr ja schon gesagt, dass der Laternengeist kein großes Licht war. Ich habe Hunger, stellte sie fest. Leider kann ich kein fürstliches Mahl herbeizaubern, sprach der Geist. Ich hörte davon, sagte das Mädchen. Es war zwar schade, aber wer weiß, was diese Leuchte unter fürstlichem Mahl verstand, war vielleicht besser so. Und wer weiß, wie lange er schon in der Laterne eingesperrt war, da musste sie wohl eine gewisse Schwatzhaftigkeit erdulden. Ihre

Mutter hatte ihr jedenfalls nichts davon erzählt, was sie mit den Wünschen an den Geist erreicht hatte. Verdächtig genug, denn ihre Mutter hatte sonst keine Geheimnisse vor ihr.

Aber ich könnte dir den Weg zu einem Platz voller Waldbrombeeren weisen, schlug der Laternengeist vor, der sich etwas darüber wunderte, dass er nicht sofort mit gierigen Wünschen überschüttet wurde. Waldmeister wäre mir lieber, da könnte man wenigstens noch was draus machen. Oder zu gutem Essen ganz in der Nähe, fuhr der Geist fort.

Schon besser. Wohin? Er streckte seinen Arm aus, der für den Körper übermäßig lang wirkte. Immerhin mehr als ein Fingerzeig. Wieder stieg Qualm aus der Laterne und weg war der hilfreiche Geist. Na gut, überlegte das Mädchen, ich kann es ja mal auf einen Versuch ankommen lassen, ob diese Leuchte etwas taugt. Nicht, dass ich das nicht selber gefunden hätte.

Und so marschierte sie wacker durch den hohen Tann, bis sie schließlich ein windschiefes altes Holzgebäude erreichte. Eindeutig ein Gasthaus, denn ein knarzendes Schild verkündete den Herbergsnamen. Auf dem stand „Zu den sieben Wiesen". Das fand sie amüsant, entweder ein Schreibfehler oder die Wiesen waren inzwischen ganz weit weg. Immerhin qualmte es mächtig aus dem Schornstein. Der Qualm erinnerte sie an den Laternengeist, aber Hunger ist schlimmer als Heimweh. Sie würde sich schon zu helfen wissen, und ehe sie einen vegetarischen Tag einlegte und sich in die kratzigen Brombeeren schlug …

Und so betrat sie das Gasthaus, das drinnen genauso verqualmt aussah wie draußen.

Sieben finstere Gesellen saßen in einer Ecke bei Kümmel, Korn und Kartenspiel, die voluminöse Wirtin rieb an einem Bierglas herum, wahrscheinlich das erste Mal seit den Zeiten des seligen Rübezahl. Komm nur herein, Mädel, sagte die Wirtin zu ihr, wir haben heute Waldschnepfen gefangen, sieben an der Zahl, du siehst, wie lecker sie sich auf den Bratspießen drehen. Bald werden sie fertig sein. Möchtest du etwas trinken? Warum nicht, das Mädchen nickte, aber zahlen kann ich nicht viel. Ich bin auf der Wanderschaft. Kein Problem, meinte die Wirtin und nickte zu den Männern am großen Tisch hinüber, wenn du bereit bist, du weißt schon werden die schon für dich zahlen. Und wer weiß, vielleicht gefällt dir ja einer.

Das Mädchen verdrehte die Augen, das hätte sie schon von weitem sagen können, dass da keiner in Frage kam. Fragte sich, wer hier für was bezahlte. Jaja, passt schon, ich wollte sowieso hier übernachten, meinte sie. Schön, schnurrte die Wirtin, soll ich dir zeigen, wo du schlafen wirst?

Wenn sich der Laternengeist seit Jahrzehnten nicht die Haare geschnitten hatte, dann hatte die Wirtin sich genauso lange nicht gewaschen, geschweige ihren zahnlosen Mund ausgespült. Das Mädchen versuchte, nicht durch die Nase einzuatmen, und hauchte danke, wenn ich vielleicht erst speisen könnte. Bei dem Wort konnte sie wenigstens ausatmen. Ist gut, nickte die Wirtin, umso leichter …

Die sieben Gesellen am Tisch hatten sich in Erwartung der gebratenen Schnepfen bislang flüssig ernährt und waren nun nicht mehr ganz so hungrig, dafür aber schläfrig. Das war auch gut so, denn an den gebratenen Schnepfen war nicht viel dran, die wären wahrscheinlich über kurz oder lang von alleine umgefallen. Soviel zum guten Essen, auf das der Laternengeist hingewiesen hatte.

Die sieben Räuber, Wilderer oder was auch immer sie waren, das interessierte ihren Magen wenig, johlten und winkten sie zu sich heran. Komm her, Süße, setz dich zu uns, hast du Hunger? Ja. Na, dann komm, wir werden es dir schon besorgen. Oder ich euch, lachte sie, hob ein großes Holzscheit auf, das vor dem Kamin lag und hieb es dem nächstbesten über den Kopf. Ehe die trunkenen Sieben reagieren konnten, zog sie das grobe Tischtuch grob vom Tisch, dass es nur so schepperte und die Wirtin vor Schreck ihr poliertes Bierglas fallen ließ. Das Mädchen schnappte sich mit dem Tuch die inzwischen fertig gebrutzelten Schnepfen, schließlich wollte sie sich nicht die Finger verbrennen, vorsichtshalber nahm sie auch den Spieß mit. Sie lief zurück in den Wald und machte sich über die Schnepfen her. Leider war der Schnepfendreck schon rausgenommen, aber sie wollte nicht kleinlich sein. Schließlich hatte sie dafür nicht bezahlen müssen. Sie öffnete die Flasche Wein, die sie sich noch geschnappt hatte, und lehnte sich gesättigt zurück. Ihre fettigen Finger wischte sie an der Laterne ab, was der Geist als Aufforderung zum Hervorqualmen aufzufassen schien. Er war inzwischen immer noch nicht beim Frisör gewesen. Du Unglückswurm, meinte sie, das war ja wohl nichts Rechtes. Wenn man nicht alles selber macht! Entschuldige, qualmte er, aber ich darf eben nur Hinweise geben, und wohin ich blicke, da liegt ein Schatz verborgen.

Wenn du diese Schnepfen einen Schatz nennst – ach, willst du vielleicht eine abhaben? Die hier scheint mir recht angekokelt. Das wär doch was für dich. Der Laternengeist guckte etwas irritiert und schüttelte traurig den Kopf: Essen benötige ich nicht mehr, danke, mir reicht der Rauch. Aber immerhin hat mich meiner Erinnerung nach noch niemand danach gefragt. Gier ist eben geiler als abgenagte Knochen. Und wohin weist du so? meinte das Mädchen kauend. Na ja, mit einem schönen Prinzen kann ich leider nicht dienen. Das Mädchen zuckte die Achseln, was soll ich auch mit dem, hab ich das nötig? Ich werd schon einen finden, wenn mir danach ist. Dazu brauche ich deine Hilfe nicht.

Aber wo der Geist schon mal da war, konnte sie ihn auch gleich ausfragen: Wie bist du eigentlich in die Laterne geraten? Die, nebenbei gesagt, schon ein älteres Modell zu sein scheint. Er seufzte, ja, stimmt wohl. Ich wohne auch schon Lichtjahre darin. Aber das alte Stück hat den Vorteil, dass jeder, der sie in die Finger kriegt, daran herumreibt. Und dann komm ich halt mal vor die Lampentür. Wieder seufzte er: Tja, also, wenn ich mich richtig erinnere, bin ich folgendermaßen hineingeraten: Als ich noch jung war… Hoffentlich hört er bald mit diesem nervtötenden Geseufze auf, war im Augenblick ihr größter Wunsch. Ich wollte unbedingt ein großer Zauberer werden, fuhr der Geist fort, dann hätte ich mir alle Reichtümer der Welt und alle Königreiche zusammenzaubern können, wonach mir der Sinn gestanden hätte. Und so ging ich zu einem Zaubermeister in die Lehre, der damals …, er seufzte und sie verdrehte die Augen, als der wirkmächtigste seiner Zunft galt. Aha, stellte das Mädchen fest und konnte gerade noch ihrerseits einen Seufzer unterdrücken, da hat er wohl den richtigen Lehrling bekommen.

Erst ließ sich auch alles ganz gut an, erzählte der Laternengeist, einen Besen aus einer Zimmerecke in die andere schweben lassen, Zinnteller verbiegen, das übliche Zeug eben. Aber mein Meister war auch ein guter Zauberer, nicht von der Sorte, wo es immer nur um Gold ging oder den Menschen üble Streiche zu spielen. Also zu verarschen, sagte das Mädchen und spie den abgenagten Knochen aus. Wie bitte? Was ist das denn für ein Ausdruck aus dem Mund einer jungen Dame? Vergiss es, das sagt man so. Ach so. Erzähl lieber weiter.

Eines Tages sagte mein Meister zu mir: Du hast jetzt schon einiges bei mir gelernt, nun gebe ich Dir eine Gelegenheit zum Gesellenstück. Und er schickte mich in eine große Stadt, in der ich dem ersten, dem ich begegnete, einen Wunsch erfüllen sollte. Das werde ich schaffen, frohlockte ich. Und welche Stadt war das? Ach, das sage ich lieber nicht. Man soll die Hoffnung nicht aufgeben, dass die Menschen besser werden, deshalb will ich den Namen lieber für mich behalten. Egal, sagte sie, ist auch nicht wichtig.

Ich betrat durch das große Tor die Stadt und kam direkt auf den Markt. Als erstes wurde ich auf eine junge Frau aufmerksam, die Gemüse anbot und dabei gar jämmerlich dreinblickte. Kann ich dir helfen? fragte ich. Ja, kauf was, und zwar jetzt, denn ich muss zum Bader. Warum das denn? Weil ich Zahnschmerzen habe. Vielleicht könnte ich helfen, sagte ich laut, wusste aber nicht so recht wie. Ach, wie denn? Hau bloß ab, du nervst mehr als meine Zahnschmerzen. Quacksalber haben wir hier genug. Und den Trick mit dem Wein kenn ich auch schon.

Als nächstes kam mir ein Priester entgegen, der auch nicht gerade fröhlich dreinblickte. Dem würde ich sicherlich eine gute Tat erweisen können. Unsere Glocke hat keinen Klöppel, maulte der Priester, und jetzt kann ich sehen, dass ich das Geld zusammenbekomme, das Teil gießen zu lassen, denn nächste Woche will der Bischof zu Besuch kommen. Da könnte ich helfen, sagte ich und ging im Geiste meine erlernten Zaubersprüche durch. Das Gießen eines Klöppels war nicht darunter. Der Priester musterte mich von oben bis unten und verzog das Gesicht. Da sei Gott vor, so wie du aussiehst, kannst du garantiert nicht helfen, es sei denn mit Mitteln, die ich nicht gutheißen kann, weil sie des Teufels sind. Also lass mich meines Weges ziehen. Ich blickte an mir herunter und fragte mich, was denn alle an meinem Aussehen zu bemängeln hatten. Könnt ich was zu sagen, schwieg das Mädchen lieber und trank einen großen Schluck Wein.

Schließlich begegnete ich einem wohlgenährten Weinhändler, der in Pelz, Samt und Seide gewandet war, aber trotzdem kein zufriedenes Gesicht machte. Edler Herr, sprach ich ihn an, habt Ihr vielleicht einen Wunsch, den ich Euch erfüllen kann? Da glotzte er nicht schlecht unter seiner Pelzjacke hervor. Verständlich, nickte das Mädchen, so ein Angebot bekommt man sicherlich nicht jeden Tag.

Der dicke Bürger sagte: So ein abgerissener Junker wie Ihr hat mir gerade noch gefehlt, schert Euch davon und treibt Eure Späße mit anderen, ich habe zu tun. Was denn, edler Herr? fragte ich. Nun, nächste Woche kommt der Bischof in unsere Stadt und da müssen die Weinfässer wohl gefüllt sein. Da könnte ich helfen, sagte ich meinen Spruch auf. Ach ja, und wie bitte schön? Endlich war jemand verzweifelt genug, mir zuzuhören. Ich könnte Wasser in Wein verwandeln. Haha, lachte das laufende Weinfass, das haben andere garantiert besser geschafft als du dahergelaufener Lump. Der

Priester, der sich schon entfernt hatte, drehte sich um, aber dann doch gleich wieder weg und ging des Weges. Du bist mir ja ein ganz Schlauer, aber was soll´s, viel hab ich nicht zu verlieren, meinte der Händler, vielleicht klappt´s ja. Also komm mit.

Und er drehte sich um und watschelte mir zu einem großen, reich verzierten steinernen Bau am Marktplatz voraus. Er durchquerte das Tor und trat in den Hof. Hier stand ein gemauerter Brunnen. Auf den wies er mit seinen Speckfingern und meinte: Das ist ein Brunnen. Seh ich. Mit Wasser. Ja. Mach, dass dieses Wasser zu Wein wird und nicht mehr versiegt. Ich holte tief Luft, ich hatte zwar etwas Lampenfieber, aber das würde ich schaffen. Ich füllte zunächst den Schöpfeimer mit Wasser und schüttete ihn in den Brunnen, wie es mich mein Meister gelehrt hatte. Dann deklamierte ich den Zauberspruch, der Wasser zu Wein verwandeln sollte. Und natürlich klappte es. Natürlich, nickte das Mädchen und rülpste.

Der Weinhändler zog einen vollen Eimer aus dem Brunnen nach oben und kostete. Tatsächlich, Wein, rief er, und gar nicht mal so schlecht! Will ich meinen, erwiderte ich voller Stolz, meine Aufgabe so gut erfüllt zu haben. Ohne ein Wort des Dankes hielt der Händler sofort seine Gesellen an, Fässer heranzuschaffen und mit allen verfügbaren Eimern den Wein aus dem Brunnen zu schöpfen. Das lief richtig gut. Im wahrsten Sinne des Wortes. Und die Flüssigkeit im Brunnen stieg und stieg. Zwischendurch gab es einen Eimer für den Weinhändler, einen für jeden Gesellen und auch einen für mich. Warum guckt er denn jetzt so missbilligend auf die Weinflasche, wunderte sich das Mädchen, die ist doch sowieso gleich leer.

Schließlich lallte der Weinhändler: Das Maß ist voll, jetzt kannste aufhören, wir haben genug getankt, und prostete mir zu. Auch gut.

Dummerweise fiel mir gerade in diesem Augenblick nicht der Zauberspruch ein, um die Weinflut aufzuhalten. Inzwischen beteiligte sich die halbe Stadt am Auffangen des Weins. Alle Fässer und Bottiche waren inzwischen gefüllt, die Eimer auch, jede Kanne vom Sonntagsgeschirr und unsere Bäuche sowieso. Auch die Bader holten ihre Wannen herbei, um den Wein aufzufangen.

Und mir fiel einfach der Zauber-spruch nicht ein, um dem Weinfluss Einhalt zu gebieten. Schließlich eilten sogar die Sieb-macher, Taschenmacher und Schirmflicker herbei, um zu helfen. Aber es half nichts, es floss und floss und quoll und quoll über den Brunnenrand.

Irgendwann stand uns der Wein bis zum Hals. Schließlich blieb kein Stein auf dem anderen und die Glocke versank tonlos in den Fluten und mit ihr die ganze Stadt. Nur einige Menschen hatten sich retten kön-nen. Und der Weinhändler trieb kieloben. Alle Dämme brachen und wir standen am Rand eines immer weiter ausufernden Sees.

Da tauchte auf einmal der Meister ne-ben mir auf, stellte sich ans Ufer des Sees und sprach:

Seifenkraut, Seifenkraut,
schäum, damit die Flut abflaut.

Nun bildeten sich auch noch Schaum-kronen und ich warf einen zweifelnden Blick auf meinen Meister. Aber der See hörte auf zu wachsen und die Flut hatte ausgeflutet.

Ja, das mit dem Wünsche erfüllen ist nicht so einfach, nickte mein weiser Meister.

Das kommt bei unerfahrenen Gesellen schon mal vor, dass die Gier mit ihnen durchgeht. Ich möchte nicht wissen, wie viele Gewässer auf diese Weise entstanden sind.

Ich zog die Schultern hoch und suchte fieberhaft nach einer Rechtfertigung. Der Meister aber schäumte jetzt richtig los: Du bist eine Schande für unsere Zunft, du kleiner missratener Geselle, an den ich meine Zeit verschwendet habe. Sowas will Zauberer werden! Ich werd dir helfen, grinste er nicht mehr so meisterlich. Du wirst nicht mehr zaubern. Ich guckte erstmal dumm aus der Wäsche.

Wie, kannst du auch anders gucken? fragte sich das Mädchen und betrachtete ihre lang gewachsenen Fingernägel.

Aber Herr und Meister, wagte ich einzuwenden, so wie Wasser nass und Feuer heiß ist, habe ich dir immer getreulich gedient. Um nun bei der erstbesten Gelegenheit einem Gierschlund zu helfen! donnerte der Meister weiter. Also Wasser ist jedenfalls nicht dein Ding, fuhr er fort, du wirst mir sowieso nie das Wasser reichen können. Wir sind eher Wasser und Feuer. Apropos Feuer. Vielleicht klappt das bei dir besser. Ich gebe dir diese Laterne als neue

Heimstatt, viel Platz ist nicht drin, geb ich zu, aber vielleicht lernst du auf diese Weise, nicht jedem gierigen Begehr nachzukommen. Trotzdem will ich dir nicht Wasser u n d Feuer verweigern. Auch wenn du mit dem Zaubern eindeutig überfordert bist, so sollst du den Menschen doch Hinweise geben können, damit sie selbst den Weg zur Erfüllung ihrer Wünsche finden. Hab ich gesehen, was dabei herauskommt, nickte das Mädchen.

Und wie mache ich das? fragte ich verzagt. Indem du mit der Laterne eine Leuchte bist. Ein weiter Weg für den armen Kerl. Das Mädchen rutschte auf dem Waldboden hin und her. Soll ich weitererzählen? fragte der Laternengeist verunsichert, seine Lebensgeschichte hatte bislang niemanden wirklich interessiert. Jaja, mach nur, ich hab ja gefragt.

Aber bis das klappt, wird noch viel Wasser durch den See fließen, lachte mein Meister, schürzte sein Gewand und lief über den See davon. Und ich stand da mit meinem neuen Zuhause.

Und dann? Ich musste wirklich viel lernen, seufzte der ehemalige Zauberlehrling, aber schließlich überlegte ich mir, ich könnte einfach meinen Blick beziehungsweise den Schein der Laterne auf eine Stelle richten, wo ein Schatz liegt, das konnte doch nicht schaden und vielleicht hatte mein Meister dann ein Einsehen und würde mich wieder frei lassen.

Doch weder die Laterne noch ich wussten so recht, wohin wir blicken und leuchten sollten. Die Menschen aber rannten los und fanden schließlich eine ergiebige Erzader im Berg. Das musste ich mir ansehen. Ich brachte einen Bergjungen dazu, mich für die Fahrt in den Stollen mitzunehmen. Im Förderkorb nach unten wurde mir doch etwas mulmig zumute. Der Geist sah das Mädchen entschuldigend an, irgendwie fühle ich mich in der Laterne doch recht beengt, wenn du verstehst, was ich meine. Sie nickte brav.

Der Korb schaukelte dermaßen, dass ich hervorqualmen musste. Na, hat der junge Bergmann sich erschreckt! Aber ich beruhigte ihn und erklärte, dass ich ein hilfreicher Geist wäre. Das sähe man ja schon daran, dass ich sie überhaupt zur reichen Erzader geführt hätte. Nun wolle ich mir ihr Glück ansehen, ich würde auch nicht stören, versprach ich. Der Hauer guckte zwar weiterhin zweifelnd, meinte aber schließlich, dass ich mitkommen dürfte. Nun aber musste er zu seiner Arbeit und lief in einen dunklen Stollen voraus. Ich konnte kaum Schritt halten mit ihm und schließlich war er in irgendeinem Gang verschwunden und ich stand im Dunkeln. Da wurde mir Angst und Bange, ich machte Feuer in meiner Laterne und pfiff beruhigend vor mich hin. Plötzlich pfiff es zurück. Wie das, ein Echo untertage? Ich hob mein Licht und dann … Der Laternengeist kam etwas ins Stottern und blickte betreten zur Seite. Ja? Was dann?

Alle Bergleute kamen mir mit weit aufgerissenen Augen entgegengerannt und rissen mich fast um. Was ist denn los? fragte ich. Es hat aus den Spalten gepfiffen, das ist der giftige Atem des Berggeistes, schnell raus hier! Und mach deine verdammte Laterne aus! Äh, das mit dem Pfeifen … Aber sie zogen mich mit sich zum Förderkorb und es ging holterdiepolter wieder an die Erdoberfläche. Dort ließen wir uns alle keuchend und außer Atem auf den Boden sinken.

Na, da scheint ihr aber doch Glück zu … japste ich. Verschwinde, du Unglückswurm, brüllte der Steiger, du hast den Berggeist erzürnt. Aber ich bin doch auch ein

Geist, wandte ich ein, ein Laternengeist. Schafft mir diese Leuchte aus den Augen, schrie der Steiger mit hochrotem Kopf und ich sah zu, dass ich in die Laterne zurückqualmte. In dem Moment gab es ein grollendes schreckliches Gerumpel unter unseren Füßen und Flammen schlugen aus dem Stollen hervor. Dann schloss er sich und aus war ´s mit der Ader zum Reichtum.

Weg mit dieser Unglückslaterne, schluchzte der Steiger, jetzt haben wir alle keine Arbeit mehr!

Der junge Hauer nahm meine Laterne mit nach Hause, der arme Kerl war ratlos und unglücklich, aller Arbeit und aller Mühe Lohn ledig. Er trug mich auf den Dachboden und versteckte mich unter dem hintersten Sparren.

Dort blieb ich eine Weile im Dunkeln. Schließlich beschloss sein Sohn, das alte Haus zu verkaufen und für sich und seine Familie ein neues zu errichten. Dafür sollte entrümpelt werden und so kam ich wieder ans Licht. Der arme Sohn, dachte das Mädchen, wenn das mal gutgeht mit diesem Schussel.

Ich, also meine Laterne, war wohl inzwischen eine Antiquität geworden und die

Frau des Sohnes meinte, mit etwas Polieren könne man das alte Teil vielleicht noch verkaufen. Wer weiß, sagte sie, vielleicht reicht es sogar für eine Fensterscheibe im neuen Haus. Gesagt, getan. Sie kam mit einem ätzenden Metallputzmittel wieder auf den Dachboden gekrabbelt und fing an, die Laterne zu polieren.

Das juckte mächtig und ich konnte gar nicht anders, als nach draußen zu qualmen. Oh, sagte die junge Frau. Oh, sagte ich, entschuldige, ich bin der hilfreiche Geist aus der Laterne. Eher ein geistloses Licht, kicherte das Mädchen und schlug die Beine unter. Ich kann nicht zaubern, aber Hinweise geben. Kommt mir mittlerweile bekannt vor, dachte das Mädchen. Na gut, sagte die junge Frau, kann ja nicht schaden. Wenn sie sich da mal nicht vertut, meinte das Mädchen für sich, bisher ist keiner aus Schaden klug geworden. Worauf weist du denn hin? wollte die junge Frau wissen. Das kam jetzt etwas plötzlich nach der langen dunklen Zeit, und ich versuchte erstmal, etwas Zeit zu schinden. Damit es dir nicht an einem wertvollen Hinweis gebricht, könntest du bitte erstmal die Flamme in meiner Laterne etwas heller machen …
Das tat sie denn auch. Aber …

Das Mädchen verdrehte die Augen. Ich sehnte mich einfach wieder nach mehr Licht, das verstehst du doch? flehte der Laternengeist.

Na, jedenfalls, der Dachboden stand voller alter Möbel und Gerümpel, seit Jahrzehnten verstaubt und vertrocknet, ebenso wie der Dachstuhl. Der brannte übrigens wie Zunder.

Das Mädchen verdrehte wieder die Augen, was dem Laternengeist nicht entging. Aber ...

Die Versuchung ist groß, dich Abergeist zu nennen, überlegte das Mädchen, verkniff sich aber irgendwelche Kommentare, sie sehnte das Ende der Geschichte herbei. Und die Weinflasche war leer.

... auf dem freien Platz konnte die Stadt dann ein schönes Rathaus aus Stein errichten. Und das sollte nach dem Stadtbrand ein wirklich großartiges Gebäude werden. Mit feinen schmiedeeisernen Schlössern. Hinter denen sich dann die Obrigkeit verschanzen konnte, meinte das Mädchen. Was jetzt nichts zur Sache tat.

Also brachten die jungen Leute meine Laterne zu einem Schmied, der sie einschmelzen und hübsche Schlösser daraus machen sollte. Da wurde mir ganz heiß und ich qualmte schnell hervor. Der Schmied erschrak heftig und ließ mich erstmal fallen. Seitdem hat die Laterne diese hässliche Beule. Schmied, oh Schmied …, begann ich. Jetzt wird er sogar poetisch, aber nur, weil er nicht weiß, wie er mir den Rest beibringen soll. Wie viel schöner sähen diese Schlösser mit Edelsteinen aus, schlug ich vor. Das wäre doch gerade angemessen für die noblen Ratsherren. Wo nimmst du nur diese Ideen her, wunderte sich das Mädchen und schwieg lieber weiterhin. Leider war die Weinflasche leer.

Der Schmied blinzelte irritiert und meinte dann, das wäre sicherlich ein gutes Geschäft. Das will ich meinen! Das wird dir zu ewigem Ruhm verhelfen und für immer werden sich die Menschen an die schönen wertvollen Schlösser des hiesigen Rathauses erinnern und deinen Namen nennen. Hört sich gut an, aber woher nehme ich die Edelsteine? fragte der Schmied.

Nun, da kann ich dir einen Hinweis geben. Dahinten wohnt ein Goldschmied, der es mit der Echtheit der kostbaren Steine nicht so genau nimmt. Schließlich ist seine Tochter mit einem Glaser verheiratet. Ja und? Nun, irgendwo bleiben die echten Steine natürlich. Sie sollen ihm als Altersversorgung dienen und er hat sie gut versteckt. Ich wusste ja, dass ich Hinweise geben durfte, und verkündete dem Schmied: Ich blicke mal so …, und deutete ins ungefähre Ungewisse, dann kannst du ...

Und der Schmied zog in der nächsten Neumondnacht los, um die edlen Steine auszugraben. Und damit er etwas sah, so punktgenau war ich mir nicht sicher, kam ich ihm mit meiner Laterne zu Hilfe und beleuchtete die Nacht. Das Ganze dauerte eine Weile, er musste fast den gesamten Garten umgraben, bis er die Edelsteine gefunden hatte. Aber irgendwann kam die Stadtwache vorbei und verhaftete ihn. Und er wurde zum Tod auf dem Scheiterhaufen verurteilt.

Die Bürger trugen eifrig das Reisig zusammen und schichteten es auf, was nicht einfach war, weil ein heftiger Wind wehte. Der wehte auch meine Laterne um und ich schoss wie eine Fackel heraus.

Nein, wie ungeschickt, meinte das Mädchen. Was? Ach so, ja. Leider entzündete sich dabei das Reisig und es gab ein prächtiges Feuer. Puh, wie das stinkt, schimpften die Bürger, muss das sein? Dabei steckt der Schmied noch gar nicht drin, fauchten sie. Ihr habt Recht, sagte der Richter. So geht das nicht. Her mit dem Verurteilten, ordnete er an und baute sich vor dem Schmied auf, der ganz dunkelrot angelaufen war. Ich hab´s mir überlegt, herrschte der Richter den Verurteilten an, vor allem deine Habgier ist schuld an deinem Verbrechen. Also verkünde ich hiermit: Du wirst Hufeisen schmieden und sie allen Bürgern und Reisenden geben, die dich darum bitten. Und zwar, ohne einen einzigen Heller dafür zu nehmen. Der Schmied schluckte, aber nach einem Blick auf das lodernde Feuer nickte er. Und dass du die bloß ordentlich machst! Vielleicht kommst du dann doch noch zu deinem ersehnten Ruhm. Sprach der Richter und ging. Und der Scheiterhaufen brannte herunter.

Soll ich auch dir den Weg zu einem Schatz mit Kronen, Geschmeide und Edelsteinen weisen? schlug der Laternengeist einen versöhnlichen Ton an, weil ihm langsam dämmerte, dass das Mädchen nicht wirklich von seinen Abenteuern fasziniert war. Nein danke. Was soll ich mit den Klunkern? Ich will nicht auf den Flohmarkt. Na gut, seufzte der hilfreiche Geist, ich wollte ja nur gefragt haben. Vielleicht hätte es ja auch gar nicht geklappt.

Anzunehmen, stöhnte das Mädchen leise und wurde schon wieder hungrig. Eine Schnepfe war noch übrig. Aber der abgerissene Geist dauerte sie doch ein wenig und so fragte sie: Und wie kannst du denn da wieder rauskommen? Das kann doch kein Dauerzustand sein. Da muss doch irgendwo ein Licht am Ende des Tunnels ... Sie unterbrach sich, oh entschuldige, blöder Vergleich.

Der Laternengeist runzelte die Stirn und blickte wehleidig drein. An dunkle Tunnel erinnerte er sich nicht gerne. Ja, ich kann erlöst werden, wenn jemand reinen Herzens meint, dass ihn alle Hinweise zu Schätzen, Prinzen und ewigem Ruhm überhaupt nicht interessieren. Aber bei wem ist das schon so? Alle würden ihre Seele dafür geben. Na ja, überlegte das Mädchen, aber wem tu ich mit dieser Leuchte einen Gefallen, wenn ich ihn erlöste?

Ich glaube, ich gehe doch lieber wieder nach Hause, sagte sie und erhob sich mühsam, denn ihre Beine waren eingeschlafen, kannst du mir einen Hinweis für den Weg geben? Äh, da lang glaub ich, zeigte der

Geist und verqualmte sich lieber wieder in seine Laterne.

Danke, sagte das Mädchen, wenn man nicht alles selber macht. Nach etlicher Zeit kam sie an das Ufer eines breiten Flusses. So nette Dinge wie übers Wasser wandeln oder als Vogel drüberfliegen konnte der Laternengeist natürlich nicht liefern, also musste sie sehen, wie sie allein hinüberkam. Sie rieb an der Laterne und der Geist qualmte hervor. Ja? Kannst du mir einen Hinweis geben, wie ich hier rüberkomme? Eine Brücke ist nicht zu sehen. Seh ich selber. Sonst noch eine Idee? Nur ein dunkler Fährmann da hinten, aber bei denen weiß man nie, wo sie einen hinfahren. Wäre glatt einen Versuch wert, wenn du davon abrätst. Da erblickte das Mädchen auf der anderen Seite des Flusses eine kleine Gestalt in einer dunklen Kutte, die wegen der fortgeschrittenen Dunkelheit ebenfalls eine Laterne in der Hand hielt. Nun war sie eigentlich von Laternen kuriert, aber: Kennst du hier vielleicht eine Furt? rief sie hinüber und die Gestalt zeigte stumm direkt vor sich. Ich kann nicht schwimmen, tönte es kleinlaut aus der Laterne. Was kannst du überhaupt, fragte sich das Mädchen und trat in den Fluss. Die Gestalt am anderen Ufer leuchtete ihr den Weg und das Wasser reichte ihr gerade bis zu den Knien.

Schon wieder eine Zauberlaterne? fragte sie und krabbelte die Böschung hinauf. Nein, nein, lächelte der Meister, blinzelte ihr zu und verschwand.

Einige Seerosenblätter schwammen vorbei und das Mädchen setzte ihre brennende Geisterlaterne darauf und sah ihr nach auf dem Weg zum großen Meer.

Dann lief sie nachhaus und trank mit ihrer Mutter eine Flasche aus.

Liebeskummer

Åse Birkenheier

Es war einmal ein Mann, der Hallvard hieß.
Außer einem kargen Feldstück mit einer
armseligen Hütte drauf besaß er nichts. Es
war eine überaus armselige Hütte, aber jedenfalls hatte er ein Dach über dem Kopf.
Das einzige Fenster bestand aus drei kleinen
viereckigen Glasstücken und einer alten
Hose, und da der Lederflicken hinten auf der
Hose nach außen schaute, ging auch dieser
als Fensterscheibe durch.

Die Einrichtung war nichts Besonderes, doch immerhin gab es in der Hütte einen
alten Tisch mit einer Schublade, in der er Essen aufbewahren konnte, einen dreifüßigen
Schemel, einen schweren Holzstuhl und einen Hackklotz. Drüben in der Ecke stand ein
großes Bett, aus einem einzigen Stück Holz
gemacht. Auf dem Bett lagen eine löchrige
Wolldecke und ein altes schwarzes Fell, als
Unterlage diente ein Strohsack. Etwas Kü-
chengerät war auch da: eine Milchschüssel,
ein großer Topf für den Brei, ein verbeulter
Kaffeekessel, zwei Holzlöffel, eine Tasse und
ein Schöpflöffel. Außerdem besaß Hallvard

ein fast neues Hemd, eine Hose aus Loden-stoff, von der die Leute sagten, er habe sie schon bei der Geburt angehabt, zwei Paar löchrige Socken, ein Paar alte Stiefelschuhe, einen geteerten Hut und einen großen Läuse-kamm, der in einer Wandritze oberhalb des Bettes steckte.

Haustiere hatte er viele. Doch alle – außer einer Ziege – waren sechsfüßig und gaben wenig Milch ab; besser gesagt: *sie* molken Hallvard. Die Ziege hielt sich meis-tens in der Nähe der Hütte auf, ernährte sich von kargen Grasbüscheln und nagte an Na-delbäumen und Wacholder herum. Nachts hielt sie sich im Verschlag auf, kam aber öf-ters in die Hütte, wo sie sich von der Kruste im Kochtopf bediente, wenn Hallvard diesen nicht vollends ausgekratzt hatte.

Im Frühjahr bekam die Ziege ein Zick-lein und im Herbst erntete Hallvard vier Sä-cke Kartoffeln. Außerdem war die Heuernte so reichlich gewesen, dass er einen ganzen Heuschober voll hatte. Vor lauter Glück wur-de er dabei so übermütig, dass er begann, süße Träume von einer Kuh und einer Frau zu träumen. Eine Kuh aber kostete mindes-tens zwanzig Taler, und woher hätte er diese nehmen sollen? In einem alten Kniestrumpf unter dem Bettstroh hatte er noch zwei Taler und zwanzig Schillinge. Mehr Bargeld besaß er aber nicht, und das war reichlich wenig, denn außer Kaffee und neue Socken brauchte er auch andere Dinge zum Leben. Deshalb war nicht daran zu denken, eine Kuh zu kaufen. Eine Frau dagegen kostete nichts, und mit etwas Glück würde er bei diesem Handel sogar noch Geld dazu bekommen.

Unwillkürlich musste Hallvard an Kjetil von der Häuslerkate oben auf dem Hügel denken. Als dieser die Maria gefreit hatte, bekam er nicht nur eine Kuh, ein Schwein und vier Ziegen, sondern auch eine Menge Kleidung und Hausrat obendrein. Und Kjetil war bei weitem nicht so angesehen wie Hallvard, hatte kaum Kleidung am Körper gehabt, kein Grundstück, kein Haus und erst recht keine Ziege. Seinen Nachbarn Olav und Hans war es auch nicht schlechter ergangen, das wusste er. Die beiden hatten es mindestens so gut angetroffen wie Kjetil!

Vielleicht sollte er es doch bei Turid Teigen versuchen? Hässlich war sie schon, das war nicht zu leugnen! Beim bloßen Gedanken daran musste Hallvard den Kopf schütteln! Ihr Rücken war schief und krumm wie bei einer alten Frau, die Nase lang wie ein Besenstiel und das Maul sah aus wie das Guckloch im Stall; und wenn sie an der Kreidepfeife zog, wurde sie hohlwangig wie eine Bettlerin. Allerdings war sie recht wohlhabend, besaß Kuh und Schwein, Schafe und Ziegen und außerdem so viele Felldecken, Lodenröcke, gewebte Tücher und Stoffe, dass man sie kaum zählen konnte. Das erzählten sich jedenfalls die Leute im Dorf.

Einen ganzen Abend lang saß Hallvard in seiner Hütte und schaute sich sein Spiegelbild in einem zerbrochenen Spiegel an. Ein wenig kraftlos und schwächlich sah er schon aus, das musste er zugeben. Wenn er aber seine Bartstoppeln ein wenig stutzte, sich mit dem Läusekamm frisierte, die Stiefelschuhe mit Teeröl einschmierte, die Hände und das Gesicht mit Sand scheuerte und die schlimmsten Sudelflecken auf der Hose mit Spucke einrieb, würde er sich Turid vielleicht doch nähern können. Beim Gedanken an die Zukunft wurde es Hallvard ganz warm ums Herz. Wie schön es doch wäre, wenn er eine hätte, die den Brei zubereiten und Kaffee kochen würde! Eine, mit der er an langen Winterabenden schwätzen könnte! Eine im Bett, eine zum Kuscheln! Und dann das ganze Hab und Gut noch dazu!

So stutzte Hallvard die Bartstoppeln und kämmte sich die Haare, bevor er sich noch einmal ausgiebig im Spiegel betrachtete. Mit Spucke rieb er die Flecken auf der Hose und schmierte die Stiefelschuhe mit Teeröl ein. Zum Schluss scheuerte er Hände und Gesicht mit Sand, und als der Samstagabend kam, schloss er die Ziege und das Zicklein in der Hütte ein und machte sich auf den Weg zu Turid Teigen.

Als er nach Teigen kam und von Liebe und Heirat und Ähnlichem zu reden begann, taute Turid erstaunlich schnell auf, kochte frischen Kaffee und stellte gekauftes Brot mit guter Butter auf den Tisch. Sie drehte und wendete sich, schnitt Grimassen, verzog den Mund und kicherte, so dass Hallvard völlig irr und durcheinander wurde. Schließlich wagte er es sogar, sie in die Seite zu stupsen, ihr rechtes Knie zu umfassen und sie zu fragen, ob sie kitzelig sei. Sie kicherte noch mehr und meckerte dabei wie eine Ziege. Dann holte sie eine Flasche französischen Branntwein aus dem Schrank und schließlich wurden die beiden am selben Abend sozusagen handelseinig.

Als Hallvard spät in der Nacht nach Hause torkelte, schaute er zum Himmel hoch und trällerte ein Tanzlied, stolperte aber dabei, fiel hin und schlug sich die Nase wund. Doch den Schmerz spürte er kaum. Er trocknete sich am Jackenärmel ab und taumelte wie im Rausch weiter. Daheim angekommen, entdeckte er, dass die Ziege und das Zicklein eine Fensterscheibe ausgestoßen, den Brei aufgegessen und den Kaffeekessel umgestoßen hatten, sodass der gute Kaffeesatz in der Asche auf der Feuerstelle gelandet war. Doch Hallvard kümmerte das alles wenig. Er dachte an Turid und ihren Reichtum und schlief glückselig auf dem halbmoderigen Strohsack ein, zusammen mit seinen vielen sechsfüßigen Bettgenossen.

Am Sonntag acht Tage später wurde das Aufgebot der beiden in der Kirche laut vorgelesen, dabei sprach der Pfarrer vom „hochgeachteten Junggesellen Hallvard Tellefsohn Hagedalen" und von der „tugendsamen Jungfer Turid Salvestochter Teigen". Die Leute lachten und machten sich darüber lustig, doch für Hallvard wurde es ein Festtag. Neue Fensterscheiben waren eingesetzt worden und im Bett lag frisches Stroh. Der Fußboden war gekehrt worden, der Ziegenmist wie weggezaubert. Auf dem Tisch stand eine neue Kaffeetasse mit Blümchenmuster, außerdem noch eine Schale mit braunem Zucker und Weizenbrot mit Butter. Alles war so vortrefflich, wie es nur sein konnte.

Nachdem sie gegessen hatten, kramte Hallvard eine Flasche aus dem Bettstroh heraus, halbvoll mit Branntwein. Zum Kaffee gab es ein Schnäpschen, Hallvard trällerte und Turid meckerte wie eine Ziege. Später legten sie sich aufs frische Bettstroh, plauderten ein wenig und machten es sich gemütlich. Und als Turid früh morgens nach Hause watschelte, krumm wie ein Espenzweig, waren die beiden übereingekommen, drei Wochen später Hochzeit zu feiern.

Hallvard kaufte eine neue Hose, eine neue Jacke und einen neuen Hut. Als es im Kniestrumpf nichts mehr gab, bekam er beim Krämer Kredit, und nachdem er Hütte, Ziege und sogar Turid selbst verpfändet hatte, wurde ihm noch ein großartiges Hochzeitsessen versprochen. Wenn er nicht daheim war, übernachtete er bei Turid und fühlte sich zwei ganze Wochen und sechs Tage lang wie im siebten Himmel. Doch ausgerechnet am letzten Samstagabend, am Abend vor der Trauung, kam das Unglück über ihn – wie aus einem Sack. Denn als er in der Dämmerung nach Teigen kam, wurde er nicht ins Haus gelassen! Und als er durch das Fenster in die Wohnstube schaute, sah er Mikkjel aus dem Sumpfloch da sitzen, mit Turid auf dem Schoß. Mikkjel lachte laut und wiehernd und Turid meckerte wie eine Ziege, als er sie kitzelte.

Hallvard fiel aus allen Wolken. Ihm wurde ganz schwarz vor Augen und die Füße wollten ihn nicht mehr tragen. Wäre die alte Hose nicht so wunderbar steif gewesen, wäre er auf der Stelle umgefallen.

„Turid!", sprach er mit schwacher Stimme. „Turid!"

„Geh nach Hause, Läusebengel!", wieherte Mikkjel. Turid verzog das Gesicht, schnitt Grimassen und kicherte.

„Geh nach Hause, du Läusebengel!", wiederholte sie.

Das war aber zu viel, und Hallvard fiel auf der Stelle in Ohnmacht. Hätte er seinen geteerten Hut nicht aufgehabt, hätte er sich beim Fallen wahrscheinlich ein Loch in den Schädel gestoßen.

Als er wieder zu sich kaum, wollte er nach Hause gehen. Es blieb ihm ja nichts anderes übrig. Er blickte zum Himmel hoch, alles pechschwarz und dunkel, sodass er kaum die Hand vor den Augen sehen konnte. So taumelte er die Hügel hinunter. Als er den breiten Weg unten am Fluss fast erreicht hatte, stolperte er über einen spitzen Stein und schabte sich am halben Wadenbein die Haut auf. Er schrie aus vollem Hals und brüllte so laut, dass die Hügel antworteten. Völlig kopflos rannte er in den Fluss hinaus, denn jetzt wollte er sich umbringen. Dabei fiel er aber so unglücklich hin, dass er quer auf einem Stock zum Sitzen kam, was ihm hinten so schrecklich wehtat, dass er wie ein Schwein quiekte und auf einmal eine unbändige Lust zu leben verspürte.

Schließlich kippte er um und fiel kopfüber ins Wasser. „Hilfe! Au! Oh!", jammerte er, und ehe er sich`s versah, war er unten beim Wassergeist persönlich, dem Nöck, gelandet.

Als er nach einer ganzen Weile wieder Luft schnappen konnte, hatte er womöglich noch mehr Lust zu leben bekommen.

„Hilfe! Ich sterbe!", schrie er.

Doch Mikkjel wieherte, Turid meckerte, Gott schlief – und sonst war niemand in der Nähe, sodass Hallvard wieder untertauchte. Als er aber diesmal auf den Boden stieß, bekam er mit letzter Kraft eine Wurzel zu fassen, an der er sich hochziehen konnte. Schließlich erreichte er mit knapper Not das rettende Ufer. Er krabbelte die Ufersteine hoch und blieb schluchzend und fröstelnd auf dem Trockenen sitzen, bis das meiste Wasser aus den Stiefelschuhen und der steifen Hose geflossen war. Danach taumelte er den Weg entlang weiter und vernahm mit jedem einzelnen Schritt ein schweres und trauriges „Schwipp – Schwapp!" Es schmerzte am Wadenbein und am Hinterteil, Blut tropfte ihm aus der Nase, das Wasser sickerte ihm kalt den Rücken herunter. Er dachte an Turid, an die Kuh und das Schwein und die Schafe und den Lodenstoff – und auch an Mikkjel, diesen Lump! Dabei übermannte ihn die Trauer, und wieder einmal musste er heulen. Dabei kam er vom Weg ab und endete schließlich in einem kleinen Waldstück. Dort wollte er sich aufhängen.

Er zog die Sockenbänder aus, knotete sie zusammen und warf sie über einen Zweig. Als er aber die Schlinge um den Hals bekam und zuschnüren wollte, tat es so weh, dass er es trotz allem doch noch besser fand, am Leben zu bleiben. Schließlich löste er die Knoten und torkelte weiter nach Hause.

Als die Ziege ihn draußen hörte, meckerte sie, und als er hereinkam, schmiegte sie sich genüsslich an ihn und leckte ihm die Hand ab. Auf einmal wurde es ihm leichter ums Herz. Es gab doch noch eine, die ihn lieb hatte! Er legte Holz nach und zog die Stiefel und die löchrigen Socken, die steife Hose und das Hemd aus. Danach blieb er eine ganze Weile vor dem Feuer sitzen und ließ sich von vorne und hinten ausgiebig aufwärmen. Dabei trank er vier Tassen schwarzen Kaffee mit viel Kaffeesatz, und nach und nach schien ihm das Leben doch noch lebenswert.

Am Ende kroch er unter die schwarze Felldecke zu seinen sechsfüßigen Bettgenossen. Das Kitzlein hüpfte zu ihm ins Bett und die Ziege leckte ihm den Mund ab. Dabei musste er aber wieder an Turid denken und umarmte die Ziege lange und ausgiebig, bis der Schlaf ihn schließlich erlöste.

Der Zahlenmann

Karin Braun

Das Waldhaus, dieser vermaledeite Ort! Hier hatte es begonnen. Hier war sein wohlgeordnetes Leben in Unordnung geraten. Dabei war Heiko Sieben, Leiter des Amtes für Nahrungsmittelkontrolle, doch immer so stolz auf die akkuraten Bahnen gewesen, in denen sein Leben verlief. Sein Leben! Konnte er eigentlich noch zurück? War es dafür nicht viel zu spät? Und wenn er nun nicht aus dem Auto stieg, den Feldsteinweg durch den verwilderten Garten hinaufging und den anderen in den Wald folgte, was würde dann mit Vera werden? Es war wohl kaum anzunehmen, dass sie zurückwollte in die Welt der Zahlen. Er ließ seinen Kopf auf das Lenkrad sinken, nur um ihn gleich wieder entschlossen zu heben. Es hatte keinen Zweck, sich etwas vorzumachen, eine wirkliche Rückkehr würde es nicht geben, ohne dass die Sehnsucht nach dieser anderen, dieser sehr viel bunteren Welt ein ewiger Begleiter sein würde. Es nützte auch nichts, sich zu wünschen, nie vom Waldhaus gehört und es schon gar nicht betreten zu haben. Oh nein, missen mochte er, was er dort erlebt hatte nicht. Es war erst einen Monat her und doch fühlte sich alles Vorherige an, als stammte die Erinnerung aus einem anderen Leben.

Sein damaliges Weltbild bestand aus Zahlen. Alles war quantifizierbar, und nur wenn alles quantifiziert wurde, konnte man sich in dieser immer komplexer werdenden Welt zurechtfinden. Dieser Überzeugung war er damals gewesen, und sein Talent, Statistiken, Tortendiagramme und Entwicklungskurven zu erstellen, hatte ihn zum jüngsten Abteilungsleiter des Lebensmittelvorgabenüberwachungsamtes gemacht. Damals war er stolz darauf, in einer Zahlenwelt erfolgreich zu sein. Er wurde geschätzt für die Konsequenz, mit der er gegen die geringsten Verstöße und Abweichungen vorging. Eine Belobigung hatte er erhalten, weil er eine Bäckerei schließen ließ, bei deren hausgemachten Walnuss-Muffins der Nährwert doch tatsächlich um 1,82 kcal schwankte. Nein, keine Frage, er war gut in seinem Beruf, genau wie sein Vater und sein Großvater es zu ihrer Zeit waren. Alle Siebener Männer hatten dieses Talent für Zahlen, allerdings waren sie für alles darüber hinaus blind. So konnten sie nicht erfassen, wieso ein Gemälde den Betrachter berührte oder ein Musikstück dem Hörer Tränen in die Augen trieb. Sie sahen nur ein Bild mit den Maßen soundsoviel zu soundsoviel, vor dem Besucher des Museums soundsolange standen und es betrachteten. Warum sie es taten und warum es welche gab, die sogar zwei, drei oder zwanzig Mal zurückkehrten und länger als die durchschnittlichen fünf Minuten, die es brauchte, das Dargestellte zu erfassen, vor einem Werk standen, war ihnen völlig unverständlich und so wenig erklärbar, wie sie einem dieser Kunstliebhaber die Zufriedenheit und das Glück nahebringen konnten, welches sie beim Anblick einer ausgeglichenen Bilanz, einer ordnungsgemäß durchgeführten Berechnung oder der Schönheit eines Tortendiagramm, das sich aus ordnungsgemäßen Berechnungen gebildet hatte, erfasste.

So war es, bis zu dem Tag, an dem er zu einer Kontrolle ins Restaurant Waldhaus aufbrach.

Normalerweise machte er diese Visiten nicht mehr selbst, sondern schickte einen Mitarbeiter. Dies war auch geschehen, sogar drei Mal. Doch all diese Mitarbeiter kamen verändert zurück. Auf einmal verrechneten sie sich. Die entnommenen Proben verschwanden. Es hatte Verwarnungen gegeben. Am schwersten jedoch hatte ihn getroffen, dass Vera Neuner-Franke, die Kollegin, in die er die größten Hoffnungen setzte und die er schon mehrfach erwogen hatte, auf einen Kaffee einzuladen, von einem Tag auf den anderen kündigte. Da wurde ihm klar, dass er etwas unternehmen musste. Also begab er sich ins Waldhaus und begegnete einer stark veränderten Vera Neuner-Franke. Die strengen Kostüme, die sie im Amt getragen hatte, waren einer legeren Hose und einer bunten Bluse gewichen und die braunen Haare wallten nun in schulterlangen Locken frei um ihre Schultern, statt in einem strengen Knoten gebändigt zu werden. Ihr Aussehen überraschte ihn so sehr, dass er zuerst übersah, dass sie einen Block und Stift in der Hand hielt, um seine Bestellung aufzunehmen. Erst als sie erneut fragte: „Hallo Herr Sieben, was darf ich Ihnen bringen?", realisierte er, dass Vera eine vielversprechende Karriere gegen eine Kellnerinnenstelle eingetauscht hatte. Er hatte irgendwas bestellt und sich erst, als sie sein Gedeck abräumte, getraut, sie anzusprechen und auf einen Kaffee einzuladen. Natürlich nur, wie er sich sagte, weil er den Vorgängen in diesem Lokal auf den Grund gehen musste. Sie waren hinaus in den Garten gegangen, weil Vera sagte, sie brauche ein wenig frische Luft. Ihm wäre die relative Ordnung im Haus lieber gewesen, er hatte sich aber nicht getraut, darauf zu bestehen, drinnen zu bleiben. Eine kleine Weile hatten sie verlegen schweigend in ihren Tassen gerührt, schließlich sagte Vera leise: „Ich hatte gehofft, dass Sie kommen würden … Heiko." Sie hatte ihn, wenn auch ein wenig zögerlich, mit seinem Vornamen angesprochen und er stellte fest, dass es ihm nicht unangenehm war, obwohl er eigentlich auf Formen Wert legte. So recht wusste er nicht, wie er ihr antworten sollte, schließlich fragte er: „Warum?"

Sie lehnte sich zurück und blinzelte in die Sonne. „Das ist nicht einfach zu beantworten." Sie beugte sich abrupt vor: „Wie geht es Hansen und Dethlefsen?"

Nicht wenig von ihrer Frage irritiert zuckte er die Achseln. „Sie arbeiten nicht sehr gut."

Sie seufzte: „Danach habe ich nicht gefragt. Ich wollte wissen, wie es ihnen geht."

Kurz antwortete er: „Ich denke gut." Woher sollte er das wissen? Dann nahm er sich ein Herz und fragte direkt: „Was geht hier vor? Warum kommt jeder verändert aus diesem Restaurant zurück? Ja, und warum haben Sie Ihre gut bezahlte Stellung aufgegeben, um hier als Kellnerin zu arbeiten?"

„Auch das ist nicht so einfach zu beantworten." Sie kaute an ihrer Unterlippe, dann sagte sie leise: „Einmal bin ich gegangen, weil ich wusste, dass wir nie so beieinandersitzen würden wie jetzt, wenn ich in der Abteilung bliebe. Der andere Grund ist, dass ich zwar gute Arbeit geleistet habe, mich aber schlechter und schlechter fühlte. Sehen Sie, ich sehe halt keinen Sinn darin, jemandem wegen kleinster Abweichungen von der Norm die Existenz zu vernichten."

Er wollte etwas sagen, aber sie hob die Hand. „Ich weiß, dass Sie es anders sehen … noch. Doch ich fühle nun einmal so. Die Arbeit hier macht mich glücklich. Menschen, die hier essen, bekommen gesunde Lebensmittel und eine Auszeit vom Alltag und einige noch viel mehr. Hansen und Dethlefsen - Sie haben deren Veränderung bemerkt. Sie werden die Transformation vielleicht nicht abschließen, sie haben Angst um ihre Existenz und irgendwann, wenn der Zauber verflogen ist, werden sie wieder dieselben grauen Zahlenmänner, die sie immer waren."

Wovon redete die Frau? Zauber, was meinte sie mit Zauber? Sein Unverständnis musste ihm vom Gesicht abzulesen gewesen sein. Sie lächelte traurig und griff nach seiner Hand. „Ich weiß, noch verstehen Sie nicht, was ich meine. Kommen Sie heute Abend wieder her. Dann lernen Sie Jolanda, die Besitzerin, kennen und die anderen."

Er erhob sich und fragte: „Ich weiß nicht, ob ich dazu bereit bin. Doch … Vera … wenn ich heute Abend nicht komme, werden Sie dann trotzdem ..." Er brach ab und nahm einen neuen Anlauf. „Also ich meine, könnten wir denn trotzdem etwas gemeinsam unternehmen?"

Sie stand ebenfalls auf und lächelte traurig. „Natürlich können wir das, auch wenn ich befürchte, dass wir die Welt zu unterschiedlich sehen, um harmonisch miteinander zu sein."

Danach war er gegangen. Wieder im Amt, kämpfte er mit sich. Sollte er noch einmal in dieses Lokal gehen? Einerseits war es seine Pflicht, den Vorgängen dort auf dem Grund zu gehen, und natürlich war es eine Gelegenheit, Vera erneut zu treffen. Doch Heiko Sieben war halt ein analytischer Mensch, er sah auch die Gefahr, sich zu tief darauf einzulassen. Andererseits, war er nicht seiner Stellung verpflichtet, Wildwuchs im Nahrungsmittelbereich auszumerzen? Dabei wusste er noch nicht einmal, ob es sich wirklich um Wildwuchs handelte, denn die Proben, die Vera und nach ihr die Herren Hansen & Dethlefsen genommen hatten, waren ja verschwunden. Tja, und er hatte vorhin vergessen, sich welche geben zu lassen. Wie konnte ihm so eine Pflichtvergessenheit geschehen? Langsam wurde er wütend auf sich, aber noch mehr auf diesen Ort, auf Vera und diese Jolanda, wer immer das sein mochte. Er würde sich nicht einfangen lassen. Er nicht. Er würde heute Abend dort hingehen und würde auf Proben bestehen, diese persönlich ins Labor bringen, wo er die Analyse überwachen würde. Es musste doch etwas zu finden sein, was die Veränderungen auslöste.

So war er also am Abend zurückgekehrt. Sein Vorhaben, den Besuch streng

dienstlich zu halten, zerschellte an Veras er-
freutem Lächeln. Kurz erwachte sein Misstrauen wieder, als sie ihn einer älteren Frau
vorstellte, die ihn ein wenig an seine Groß-
mutter erinnerte, bis auf die Tatsache, dass
diese Frau Wärme ausstrahlte. Jolanda war
bestimmt in ihren Sechzigern. Sie war groß,
schlank und trug ihre grauen Haare zu einem lockeren Knoten aufgesteckt. Sie war
elegant, aber unauffällig gekleidet und un-
terschied sich deutlich von der Hippiefrau,
die er sich vorgestellt hatte. Sie begrüßte ihn
höflich und bat Vera, ihm einen Tee zu bringen. Heiko dankte, fügte aber ein wenig
brüsk hinzu: „Ich hoffe, es ist Ihnen klar,
dass ich in dienstlicher Mission hier bin."
Viel Eindruck schien er damit nicht zu machen. Die Frau lächelte und sagte: „Natürlich, sehen Sie sich in Ruhe um. Vera wird
Ihnen alles zeigen."

Tatsächlich fand er nichts zu bean-
standen. Die Küche war, wie auch alles andere, blitzsauber. Er füllte seine Proben ab
und begab sich zurück in den Gastraum. Gerade als er sich verabschieden wollte, sagte
Vera: „Ich freue mich so, dass Sie gekommen
sind, Heiko. Setzen sie sich zu mir, wir wollen uns ein wenig unterhalten, bevor die anderen eintreffen."

Heiko konnte sich nicht mehr erinnern, worüber sie gesprochen hatten, nur
daran, dass die anderen viel zu schnell ka-

men. Die anderen waren ungefähr zwanzig Leutchen aller Altersstufen und sozialen Standes. Sie waren fröhlich, aber nicht überdreht. Nach einer kurzen Begrüßung und ein wenig Geplauder erhob sich Jolanda und klatschte in die Hände. „So, da nun alle da sind, gehen wir in den Wald." Er sah irritiert zu Vera, die ihm ermutigend zu lächelte, und so gerne wie er weiter mit ihr zusammen sein wollte, in den Wald? Nein, das nun doch nicht. Wälder irritierten ihn. Sie waren so unordentlich, die Bäume wuchsen wild durcheinander, ganz zu schweigen von dem Gestrüpp zwischen ihnen. Bevor er jedoch etwas sagen konnte, wandte sich Jolanda an ihn. „Kommen Sie, Herr Sieben. Sie wollen doch die ach so geheimnisvollen Vorgänge hier ergründen. Das werden Sie nur, wenn Sie bis zum Ende der Zeremonie bleiben." Sie lächelte ein wenig spöttisch: „Vera wird auf Sie aufpassen."

Diese hatte ihn an die Hand genommen und zusammen waren sie in den Wald gegangen. Das Kuriose war, dass der ihm nicht mehr so unheimlich und ungeordnet schien, nachdem sie ein Stück hineingegangen waren. Die Geräusche der Stadt waren nur gedämpft zu hören und irgendwann gar nicht mehr. Der Duft des Humus und der Bäume ließ ihn vergessen, dass sie sich nicht zählen ließen, und Veras Hand in seiner fühlte sich so gut an. Sie gingen bestimmt eine Viertelstunde, bis sie zu einer Lichtung kamen, auf der Jolanda sie aufforderte, sich in einem Kreis niederzulassen, während sie sich in die Mitte des Kreises setzte. Er war erstaunt, mit was für einer Leichtigkeit sich eine Frau ihres Alters in den Schneidersitz gleiten ließ. Er selbst war da deutlich steifer. Als alle es bequem hatten, forderte Jolanda sie auf, die Augen zu schließen. Heiko dachte: ‚Nein, darauf lasse ich mich nicht ein‘, doch als sie eine Melodie zu summen begann, fielen sie ihm von allein zu. Nach und nach nahmen alle im Kreis den Ton auf, und wie Heiko erschrocken feststellte, summte auch er. Plötzlich war alles vergessen, keine Angst vor dem Wald, vor dem Ungeordneten, jetzt spürte er nur die lebendige Erde unter sich. Seine Sinne schienen sich zu schärfen, dann verebbte der Ton langsam. Nach und nach verstummten die Stimmen und Jolanda sprach.

Sie sprach von der Erde, vom Himmel, von den Pflanzen und Tieren. Von der Dankbarkeit, genährt zu werden. Von der Verpflichtung, Nahrung nicht als selbstverständlich zu nehmen, und davon, dass Leben Raum brauche, um sich zu entfalten. Sie sprach auch davon, wie wichtig es war, sich mit der Erde und allem Leben darauf zu verbinden.

Das Erstaunliche war, dass er genau dieses in dem Moment fühlte. Das erste Mal in seinem Leben fühlte Heiko Sieben sich frei und doch verbunden.

Jolanda schloss ihre Rede mit einem Segen für alle und der Kreis löste sich auf. Sie erhoben sich und Vera beugte sich zu ihm und küsste ihn. Erst war er wie vom Donner gerührt, dann umarmte er sie und erwiderte ihren Kuss.

Seit diesem ersten Mal war er zu jedem Treffen gegangen und Vera und er hatten viel Zeit miteinander verbracht. Der einzige Wermutstropfen war, dass er sich nicht mehr auf seine Arbeit konzentrieren konnte.

Er hatte Jolanda darauf angesprochen und auch ein wenig provokativ gefragt, was denn so schlimm an Zahlen wäre. Sie hatte gelacht: „Gar nichts, mein lieber Heiko. Zahlen haben ihre Berechtigung, aber Leben ist nun mal unberechenbar. Du solltest einen Mittelweg anstreben. Das wird vielleicht ein wenig dauern, bis es dir gelingt, aber es ist nicht unmöglich. Siehst du, ich bin Köchin und viele Gerichte brauchen genau bemessene Zutaten und doch gibt es immer einen Moment, wo ich zum Beispiel an einem Kraut rieche und erkenne, dass es intensiver duftet. Dann nehme ich weniger als im Rezept angegeben. Manchmal koche ich für jemanden, der sehr traurig ist und erkenne, dieser Mensch braucht nun ein ganz bestimmtes Kraut und es gibt immer eine Entsprechung. Essen ist nicht nur Nahrung, es kann ebenso Heilung und Trost sein."

Sie hatte seinen Zweifel gespürt und gelächelt: „Und manchmal kann es die Tür zur Liebe öffnen. Weißt du noch, was du bei deinem ersten Besuch bestellt hast?"

Er musste kurz nachdenken. „Einen Salat mit Granatapfelkernen und Crouton-Herzen."

Sie grinste: „Genau. Granatapfel ist ein Herzensöffner."

Er wurde ernst: „Dann habt ihr mich also manipuliert?"

„Nein, mein Guter, wenn du nicht eh schon in Vera verliebt gewesen wärest, dann hätte es nichts genützt. Dann hättest du dich einige Zeit ein wenig beschwingter gefühlt, mehr nicht." Er war nicht überzeugt. Schließlich sagte sie leise: „Es standen mehr Gerichte auf der Karte. Dieses hast du dir ausgesucht."

Heiko Sieben riss sich aus seinen Erinnerungen. Wem wollte er was vormachen? Es gab kein Zurück für ihn. Er würde den anderen in den Wald folgen und würde sich in den Zirkel aufnehmen lassen. Was seinen Beruf betraf, so würde es sich zeigen. Entweder würde er einen Weg finden, auf dem seine neue Sichtweise seinen Pflichten nicht im Wege stand, oder er würde sich etwas anderes suchen. Darüber konnte er später nachdenken. Er stieg aus und als er Vera und die anderen vor dem Waldhaus sah, wusste er, dass er die richtige Entscheidung getroffen hatte.

Sterntalermädchen

Hast alles weggegeben
hast nur noch dein Hemdchen
sollst nicht traurig sein

du wirst die Sterne
vom Himmel holen
sie werden dir
in den Schoß fallen

irgendwann
irgendwo
irgendwie.

Marion Hinz

Aus: „Leicht ist mein Herz", Husum Verlag

Olea Crøger

Gabriele Haefs

Die Märchen, die wir in den üblichen norwegischen Märchensammlungen finden, sind eigentlich recht konservativ. Die Märchenhelden, ob Prinz oder dritter Bauernsohn ziehen auf Abenteuer aus und bekommen das halbe Königreich und die Prinzessin als Zugabe. Die Prinzessin wird nicht gefragt. Wenn eine Frau in einem norwegischen Märchen aktiv werden darf, dann sehr oft als Strafe. In dem in der Märchenforschung „Der Tierbräutigam" genannten Märchen zum Beispiel (die Fassung der Brüder Grimm heißt „Das singende, klingende Löweneckerchen") muss sie ein Ungeheuer heiraten, das sich dann aber in dunkler Nacht anfühlt wie ein schöner junger Mann. Er verbietet ihr Licht zu machen, was sie natürlich doch tut, weil sie ihn in seiner wahren Gestalt sehen möchte. Daraufhin verlässt er sie – und sagt ihr noch, wenn sie nur ausgehalten hätte, hätte sie ihn erlösen können, aber sie hat nun mal nicht, und nun muss sie einmal um die Welt irren, um ihn zu finden und von der neuen Braut loszueisen. Aber von selbst auf Abenteuer gehen? Das tut eine norwegische Märchenfrau nicht.

Und das hat seinen Grund. Die Sammler nämlich. Die Sammler, die im 19. Jahrhundert in Norwegen über die Dörfer zogen und Märchen aufzeichneten, waren allesamt seriöse Herren, meistens zudem Pastoren, und die hatten so ihre Vorstellungen davon, dass das Weib in der Gemeinde und am besten auch überall sonst zu schweigen hat. Also ließen sie sich Märchen vor allem von Männern erzählen, und die veröffentlichten sie dann, oft, nachdem sie alles umgeschrieben hatten, was ihren strengen Auffassungen von Sitte und Moral widersprach.

Aaaaaber. „Vom persönlichen Geschmacke eines jeden Erzählers hängt die Wahl der Märchen aus dem Vorrate ab, welcher in der betreffenden Gegend sich erhalten hat." Das schreibt Mark Asadowskij, einer der Begründer der modernen Märchenforschung, die den leicht irreführenden Namen Märchenbiologie hat. In seiner wegweisenden Studie über eine sibirische Märchenerzählerin weist er nach, wie die Erzählerpersönlichkeit den Märchenstoff mit eigenen Zutaten anreichert, und dass es große Unterschiede geben kann, abhängig davon, ob wir es eben mit einem Erzähler oder einer Erzählerin zu tun haben. In Norwegen kam diese Art von Märchenforschung mit großer Verspätung an, was sicher viele Gründe hat. Einer war, dass Norwegen noch nicht lange unabhängig war, als Asadowskij und andere ihre Forschungsergebnisse vorstellten, und die Märchen wurden, als „typisch norwegisch", zur Nationsbildung gebraucht.

Seit einigen Jahren aber ist das ganz anders, es wird untersucht, wer damals Märchen erzählt hat, und welche Fassungen die Sammler notiert haben. Oder die Sammlerinnen. Plötzlich wird Olea Crøger (1801 – 1855) entdeckt, die erste Person, die in Norwegen überhaupt Märchen sammelte, eine Auswahl ihrer Märchen erschien aber erst an die 150 Jahre nach ihrem Tod. Oder Gerhard August Schneider (1842-1873), der eher als Märchenillustrator bekannt ist, nicht als Sammler. Beide haben, anders als die erwähnten Pastoren, vor allem mit Erzählerinnen gesprochen. Und Märchen notiert, die absolut von dem abweichen, was dann als typisch norwegische Märchen bekannt wurde. Zum Beispiel dieses hier. Wobei noch gesagt werden muss, dass es wie immer auch von diesem Märchen allerlei Varianten gibt, und auch der Schluss kann je nach dem „Geschmacke des Erzählers" unterschiedlich ausfallen. Mal taucht doch noch der Prinz auf, und die Heldin muss mit ihm gehen, weil er die älteren Rechte hat, wird aber ihres Lebens nicht mehr froh, mal arrangieren sie sich zu dritt, aber meistens endet es so wie hier erzählt. Es war also einmal eine Königstochter, um die warb ein Königssohn aus einem anderen Land, und sie wollte ihn auch. Ihre Eltern aber meinten, sie sei noch zu jung, die jungen Leute sollten noch sieben Jahre mit der Hochzeit warten. Um sich die Zeit zu vertreiben, fuhr der Königssohn zur See, doch nach den sieben Jahren kehrte er nicht zurück. Alle hielten ihn für tot, nur die Königstochter wollte das nicht glauben, sie ließ sich ein Schiff ausstatten und machte sich auf die Suche. Sie fand ihn auch auf einer einsamen Insel, wo er Schiffbruch erlitten hatte, und nun hätten sie heimkehren und glücklich miteinander leben können bis ans Ende ihrer Tage, doch nein! Auf der Rückreise machten sie Station auf einer weiteren kleinen Insel, sie brauchten Wasser und Früchte, und sie gingen an Land, um beides zu holen. Sie das Wasser, er das Obst. Dabei verirrte sich der Königssohn, und außerdem war er müde und legte sich erst mal zum Schlafen nieder, und da lag er dann und sah so schön aus, dass eine Meerfrau, die gerade vorüberschwamm, sich nicht beherrschen konnte und ihn mitnahm.

Als er nicht zurückkehrte, war die Königstochter natürlich verzweifelt, und da sie ihn nicht finden konnte, glaubte sie nicht an einen Unfall, sondern meinte, er habe sich die Sache anders überlegt und sie verlassen. Als verschmähte Braut wollte sie aber nicht nach Hause zurückkehren, deshalb bestieg sie ihr Schiff und fuhr erst einmal weiter. Um sich weiteren Ärger mit den Männern zu ersparen, verkleidete sie sich nun aber als Mann. Und sie kam in ein Königreich, wo der König von einem bösen Feind belagert wurde. Der König war total beeindruckt, als da ein junger Fremder ankam und seine Dienste anbot, übertrug dem jungen Fremden das Oberkommando über das Heer, und der böse Feind wurde vernichtend geschlagen. Nach alter Sitte sollte der siegreiche Held die Prinzessin und das halbe Königreich bekommen. Nun war guter Rat teuer. „Was soll ich mit einem halben Königreich", sprach der Kriegsheld, „lasst mich meiner Wege ziehen und anderswo neue Heldentaten verbringen!" Doch der alte König sagte: „Die andere Hälfte bekommst du ja nach meinem Tod, und mit einem ganzen Königreich kann man schon eine Menge anfangen." Dagegen ließ sich nichts einwenden, und der gute Rat wurde immer teurer. Der Kriegsheld begab sich nun zu der Prinzessin und bat um ein Wort unter vier Augen. Und dort gestand er ihr die Wahrheit: „Ich bin gar kein Kriegsheld, ich bin nämlich eine Frau." Doch die Prinzessin sagte: „Dann nehme ich dich noch einmal so gern." Und die Hochzeit wurde mit großem Prunk gefeiert, und die beiden lebten glücklich miteinander, und wenn sie nicht gestorben sind, so leben sie heute noch.

Olea Crøgers Geschichte wurde erstmals veröf-
fentlicht in: Brynjulf Alver, Reimund Kvideland
og Astrid Ressem (red.) Olea Crøger. Lilja bære
blomster i enge: Folkeminneoppskrifter frå Tele-
mark i 1840-50-åra. Bind 1 og 2. Oslo 2004: Norsk
Folkeminnelags skrifter 112:1 og 2 und übersetzt
von Gabriele Haefs

Geschichtensammeln, wie es dem Wald gefällt

Isabelle de Col

Es war einmal ...

Nein! Vielleicht war es ja einmal, aber es könnte auch heute sein ...

Das erzählen uns die Geschichten, die der Wind mit sich bringt ...

Sicher ist jedenfalls, dass die Erzählerin schon immer die Inspiration gesucht hat. Und auf dieser heiligen Suche, auf dem Weg der Erinnerung, führten ihre Schritte sie zum Wald der Verwandlungen.

Und wenn wir diesen Wald betreten – dann ist alles möglich.

Der Waldrand bildet auch eine Grenze: Das Gestern berührt das Heute, und nichts ist, wie es war. Die Zeit, die Entfernung werden im Rauschen der hohen Bäume aufgehoben, und wir können Dinge hören und sehen, die die gewöhnlichen Sterblichen auf ihren Spaziergängen niemals bemerken werden. Aber wollen sie das überhaupt?

In Gedanken versunken nahm Anaïg auf einem Felsen Platz, lehnte den Rücken gegen einen Baum und fragte sich, ob die

Ernte an Geschichten, die sie jeden Tag aus der

Stimme der sanften Brise einholte, gut sein würde.

Unbemerkt schlich sich plötzlich eine Drossel zu ihr.

„Pst, Pst ... Anaïg, schläfst du?"

„Sprichst du mit mir?"

„Sicher, und das überrascht dich nicht?"

„Ach, du weißt doch, in der Welt, in der ich lebe, gibt es keine Überraschungen."

„Und in welcher Welt lebst du?"

„In der Welt der Märchen und Sagen, der wundersamen Geschichten und manchmal auch der großen Mythen."

„Na gut, dann erzähl mir eine deiner Sagen."

„O nein, hier in diesem Wald befinden wir uns doch auf deinem Territorium, und wenn ich sonst meine Freunde in aller Welt besuche, dann erweisen sie immer mir die Ehre ihres Territoriums. Also, ich bin ganz Ohr."

„Nun gut", sagte die Drossel, „ich glaube, du suchst Inspiration ... dann will ich dir von einem Mann erzählen, der schweigsam und einsam wurde, weil er zu sehr auf den Klatsch der Nachbarschaft gehört hat."

Die kleinen Dörfer hatten schon immer ihre Vorteile: Ruhe, Geselligkeit, gegenseitige Hilfe. Aber sie hatten auch ihre Unannehmlichkeiten, und die größte war üble Nachrede, was zu oft schlimme Folgen hatte.

Dieser Mann also, der nicht mehr ganz jung war, lebte in einem kleinen Dorf und war mit einer schönen jungen Frau verheiratet, die sanft und gut war, die aber einen Nachteil hatte: Sie stammte nicht aus der Gegend.

Und die bösen Zungen, die kein Glück ungestört lassen können, fingen alsbald an, dem Ehemann Zweifel ins Ohr zu säen: „Hat sie nicht wegen des Geldes geheiratet?"

„Überleg doch mal, so einen alten Mann!"

„Und außerdem ... der nächste Nachbar, ein Holzfäller von dreißig Jahren, hat doch nur Augen für sie ..."

Und so weiter, und so weiter.

Wann immer der Ehemann sich irgendwo sehen ließ, drehte das Gespräch sich um dieses Thema, und die bösen Unterstellungen wurden aufs Schamloseste immer wieder durchgekaut.

Und nachdem er das alles gehört hatte, kamen auch dem Mann seine Zweifel, er fing an, seine Frau zu beobachten, er überwachte sie insgeheim, fand aber nichts, was seinen Verdacht bestätigt hätte.

Eines Morgens fiel ihm ein, dass in seiner Kindheit die alten Leute vom „mendogan" gesprochen hatten, dem berühmten Stein der betrogenen Ehemänner. In einer mondhellen Nacht schlich er sich also aus dem Haus und begab sich nach Huelgoat, um den „zitternden Stein" zu befragen.

Er fragte den Stein mehrere Male, beim ersten Mal zitterte der kaum merklich und sagte damit die Wahrheit: Von einem betrogenen Ehemann konnte wirklich keine Rede sein.

Dann aber schien der Stein sich immer heftiger zu bewegen, um am Ende, bewegt durch eine übernatürliche Kraft, sein gewaltiges Gewicht zu erheben und im Mondlicht auf eine Weise zu tanzen, die keine Zweifel mehr übrig ließ. Der Mann aber wollte das alles nicht glauben und hielt bis zum Morgen aus, woraufhin Merlin selber, den die Hartnäckigkeit dieses Ungläubigen ärgerte, ihm seinen treuen Gefährten als Boten schickte; einen grauen Wolf, der nun Menschengestalt annahm und sich als Einsiedler aus dem Wald ausgab, dem einzigen Menschen, dem dieser Ungläubige überhaupt Vertrauen entgegenbringen würde.

„Mein Herr", sagte er, und der andere fuhr zusammen. „Das reicht jetzt. Eine gespaltene Zunge nach der anderen hat Euch dazu gebracht, an Eurer tugendhaften Gemahlin zu zweifeln. Nun hat der Geist dieses Ortes Euch eine klare Antwort geschickt, aber Ihr zweifelt noch immer. Ihr verdient nicht, dass eine solche Frau Euer Leben teilt. Hütet Euch! Macht so weiter und Ihr werdet alles verlieren!"

Beschämt, aber von seinem Misstrauen noch immer nicht ganz befreit machte der Mann sich auf den Heimweg.

Aber das Unglück war bereits geschehen ...

Airmed, seine Frau, die sehr unter dem veränderten Verhalten ihres Mannes litt, suchte bei den Feen im hohen Wald Zuflucht. Sie erzählte ihnen von ihrem Kummer, für den sie selber kein Heilmittel wusste. Der Feenteich füllte sich mit bitteren Tränen, doch die weisen Feen rieten ihr zur Geduld.

„Lass sie reden und tun, was sie wollen", sagten die Feen. „Bald wird jemand anders die bösen Zungen auf sich locken, sie werden deine Existenz vergessen, und du wirst als Kind dieses Landes betrachtet werden. Das alles ist eine Art „Examen", ein „Übergangsritus" gewissermaßen, und wenn du die Probe bestehst, wirst du deinen Mann gewonnen haben."

Einige Wochen darauf bezog eine junge Malerin einen kleinen Hof, der nicht weit vom Dorf gelegen war, und natürlich wurde sie sofort zum Gegenstand des allgemeinen Klatsches.

Aber Airmeds Mann blieb hochmütig und argwöhnisch und ließ seine Frau immer wieder allein, um seinen eingebildeten Kummer in der Dorfschänke zu ertränken.

Als er eines Nachts volltrunken nach Hause kam und dabei schwankte wie ein Schiff in einem grauenhaften Sturm, sagten die bösen Zungen:

„Aliesoc'h an hini a vez beuzet er gwer, eged er ster." (In einem Glas ertrinken mehr Menschen als in einem Fluss.)

Weil ihr Leben immer unerträglicher wurde, floh Airmed in den Wald und weinte sich bei einem Weißdornstrauch aus, und du weißt doch, dass der Weißdorn immer schon als Aufenthaltsort der Feen galt ... eine von ihnen, die gerade von einer weiten Reise zurückgekehrt war, hörte die Klage der Gattin und sagte voller Mitleid:

„Airmed, meine arme Airmed, ich weiß, wie sehr du leidest, die Bosheit hat dein Glück zerstört. Aber du stammst doch aus Irland? Leider hat der Zauberer aus dem Wald deinem Mann nicht klarmachen können, dass dein Name „maßvoll" bedeutet und dass du eine so treue Gattin bist. Gestern Abend habe ich auf dem Rückweg deine Gedanken gelesen, du bist enttäuscht und möchtest fort von hier, nicht wahr?"

„O ja, meine liebe Freundin. Ich möchte ein neues Leben anfangen, aber leider ist das nicht so leicht."

„Meinst du, liebe Airmed? Hör mir gut zu: Morgen, nach Einbruch der Nacht, wirst du in aller Heimlichkeit in den Wald gehen. Du musst dafür sorgen, dass niemand dir folgt, denn kein Menschenwesen darf dieses Versteck kennen, den Eingang zur Unterwelt, den ich dir zeigen werde. Vergiß das also nicht. Wenn du um Mitternacht (lausch auf den zwölften Schlag der großen Uhr im Dorf!) nicht gekommen bist, weiß ich, dass du deine Pläne geändert hast, und dann breche ich alleine auf. Wir werden dir auch nicht böse sein, aber überlege es dir gut, denn eine Rückkehr ist nicht möglich. Hast du alles verstanden?"

Das bestätigte Airmed, dann lief sie davon.

In der nächsten Nacht kam sie rechtzeitig zum Stelldichein, begrüßte die Fee, lernte die Zaubersprüche und erfuhr alles über den Übergang in die andere Welt ... und seit jener Nacht wurde sie in der Gegend nie wieder gesehen.

Einige Monate später erzählte ein Seemann auf der Durchreise, dass eine gewisse Marie-Morgane auf den Inseln des Ozeans umgehe, diese Frau schien große Ähnlichkeit mit Airmed zu haben. Und schließlich heißt es in alten Geschichten, ein unterirdischer Fluss verbinde die beiden bretonischen Meere, und wenn wir dann noch an die Feen und ihre magischen Kräfte denken ...

Anaïg, die sich ganz und gar in diese Geschichte vertieft hatte, fuhr plötzlich hoch und fragte:

„Und der Ehemann?"

„Ach! Der Ehemann, der Ehemann. Dem geschah das nur recht. Er hatte es nicht anders gewollt, also soll er sich jetzt zu Tode langweilen. Wieso hat er auch den bösen Zungen im Dorf geglaubt und nicht seiner Frau? Aber jetzt weißt du, Anaïg, es reicht nicht für eine Frau rechtschaffen und treu zu sein, um ihren guten Ruf zu behalten. Wenn die öffentliche Meinung dich verdammt, wird alles nur noch schlimmer, wenn es von deinen Nächsten kommt."

Es war einmal ...

Nein! Es war vielleicht einmal, aber es könnte auch heute sein ...

So ist das bei den Geschichten, die die Winde mit sich bringen ...

Die Flamme zittert, dann verlöscht sie und füllt das Zimmer mit einem Halbdunkel, das nur vom Mondlicht erhellt wird. Alles hier scheint aus einer anderen Welt zu stammen.

Die Erzählerin verstummt, und eine Decke des Schweigens senkt sich über das Haus. Nur der Wind tobt noch in den hohen Bäumen und sagt seine Litanei auf.

Der Waldrand bildet auch eine Grenze: Das Gestern berührt das Heute, und nichts ist, wie es war. Zeit und Entfernung werden im Rauschen der hohen Bäume aufgehoben, und wir können Dinge hören und sehen, die die normalen Sterblichen nicht wahrnehmen können ... oder können sie das doch?

Diese Geschichte wurde erstmals veröffentlicht in: Keltische Hexengeschichten, hrsg. Gabriele Haefs und Rachel McNicholl, Verlag Frauenoffensive, 2002, und übersetzt von Henrikje Hartung.

Geschichten vom Berg Fliegenschiss

Mick Fitzgerald

In meiner frühesten Erinnerung schwimme ich, alle Babys können schwimmen. Ich war unter dem Loch im Dach unseres Hauses geboren worden, und das war für meine Eltern ein großer Gewinn, denn der Regen sorgte dafür, dass ich immer sauber und niemals durstig war. Meine Krippe war sorgfältig am Küchentisch vertäut, damit ich nachts nicht davonsegeln könnte. Ein seltsam aussehendes Objekt mit einer großen Nase starrte mich die ganze Zeit mit wachem Interesse an. Das war das Familienschwein, das auch als Hebamme und Babysitter diente. Meine Windel war seit 1798 vom Vater auf den Sohn vererbt worden und so, listig als Kopftuch getarnt, oft der Festnahme durch die britische Krone entgangen.

In einem düsteren Juli schwamm mit einem schwappenden Geräusch das Wasserhuhn der Familie in die Küche. Das Wasserhuhn verbrachte den ganzen Tag mit Schwappen und hatte zuletzt beim Osteraufstand 1916 ein Ei gelegt, das dann aber verloren. Ich war jetzt alt genug, um allein zu schwimmen, und verbrachte meine Tage mit Rückenschwimmen in der Küche, wobei ich den Regenbogen über dem Spülbecken bewunderte.

Aber an diesem Tag passierte also etwas Seltsames. Der Regen hörte auf. Mein Vater kam herein, stolperte über das Schwein und löste eine Flutwelle aus, von der meine Mutter aus dem Küchenfenster gespült wurde. „Jesus, heute ist Sommer", rief mein Vater erregt, riss sich die Hose vom Leib und warf sie über seine Schulter nach hinten. Die Hose landete auf meiner Mutter, die gerade durch das Fenster wieder hereinkletterte. In blinder Verwirrung fiel sie durch den Regenbogen ins Spülbecken und zerbrach den Familienteller. Mein Vater drehte sich um, um ihr zu helfen, und zeigte dabei ein Loch in seiner Unterhose und einen auf seinen Arsch tätowierten St. Patrick.

Dann hob er mich hoch und warf mich aus der Küche, und ich landete in zwei Fuß hohem Schlamm neben dem Wasserhuhn, das nur vom Hals aufwärts zu sehen war.

„Hussa", schrie mein Vater, als er kopfüber in den Schlamm tauchte, gefolgt von meiner Mutter, die auf etwas Hartem landete. Es war ein Ei mit einer Stecknadel und einer Aufschrift. „Mindestens haltbar bis zum 23. 4. 1916." Ehe irgendwer eingreifen konnte, hatte das Wasserhuhn nach meiner Mutter gehackt, das Ei war fallengelassen worden und das Wasserhuhn saß mit der

Nadel im Schnabel da. Es folgte ein dumpfer Knall, und mein Vater flog über das Dach.

Wie nicht anders zu erwarten, war der Sommer um Mitternacht vorüber, und wieder goss es in Strömen. Es war ein anstrengender Sommer gewesen. Ich versank schwimmend neben dem Spülbecken in einen erquickenden Schlaf. Am nächsten Morgen erwachte ich auf der rückwärtigen Fensterbank.

Aber das Ende des Sommers kündigte den Beginn der Unterwasser-Fußballsaison an. Ich wurde an der St. Schlamrian-Schule, die ich besuchte, zu einem fähigen Unterwasserfußballer. Oft war ich deshalb nicht nur mit meinem Schulbuch zu sehen, sondern auch mit dem vorgeschriebenen Kopfschutzschnorchel.

Das Wasserhuhn teilte meinen Enthusiasmus, schwamm bei schlechten schiedsrichterlichen Entscheidungen immer wieder auf den Platz und versuchte, dem Unparteiischen ins Schienbein zu hacken. Es war schon oft wegen „Unterwasserfußballrowdytums" vom Platz gestellt worden.

Kein Wunder also, dass der Tag des irischen Unterwasserfußballendspiels für uns alle ein großes Erlebnis war. Egal, welche Mannschaften auch antraten, immer summte das Haus vor Aufregung. Sogar der Schlamm zitterte erwartungsvoll. Überall waren Mannschaftswimpel angebracht. Der

Regen über dem Spülbecken nahm immer die Farben des Tages an.

Es war eine Tradition am Tag des Endspiels, dass die Familie, die ein Radio hatte, dieses auf die Fensterbank stellte, und dass die Nachbarn von nah und fern angeschwommen kamen, um zuzuhören. Es herrschte eine Stimmung wie zu Karneval, und meine Eltern waren die glücklichen Besitzer des Radios.

Wir Kinder schwappten mit unserem kleinen Fußball und unseren Schnorcheln im Schlamm herum, während unsere stolzen Eltern zusahen. Die jüngeren Kinder spielten in der Küche Meuterei auf der Bounty.

Inmitten von allem stapfte lustlos das Schwein herum. Bei der ganzen Aufregung hatte niemand sich die Mühe gemacht, es zu füttern, und sein Magen begehrte lauthals auf. Es wurde zusehends grantiger und griff immer wieder das Wasserhuhn an, das in den Farben von Tipperary bemalt war, und das war seltsam, da Tipperary gar nicht am Endspiel teilnahm. Derweil steigerte sich die Spannung vor dem Spiel. Die Artane Boys Band wanderte mit schwappendem Schritt im Inneren des Radios herum und spielte „I'll take you home again, Kathleen."

Plötzlich drehte das Schwein durch und fing an, im Kreis zu schwimmen. Mit einem Sprung hatte es das Radio erwischt und verschlungen, mitsamt der Artane Boys

Band, die gerade „Sweet Little Shamrock"
schmetterte. Die Meuterei auf der Bounty
wurde von der nun folgenden Flutwelle zerstört, während vier Kinder und ein hölzerner
Papagei aus dem Fenster geschwemmt wurden.

Das Schwein sprang in den Schlamm,
gefolgt von meinen Eltern und den Nachbarn. Aus seinem Magen heraus verkündete
das Radio, dass die Mannschaften jetzt auf
dem Spielfeld aufliefen. Mein Vater war in
Tränen aufgelöst.

Als das Schwein am Fuß des Fliegen-
schissbergs angekommen war, stimmten seine Innereien die Nationalhymne an, und das
Schwein stand zackig habacht, während meine Eltern und die Nachbarn voller Inbrunst
sangen.

Die Hymne endete und 45 000 Stimmen jubelten im Schweineinneren los, als es
vor seinen Verfolgern her den Fliegenschissberg hochjagte. „Ich sag dir nur eins", brüllte
mein Vater hinterher. „Gebratener Speck!"

Später stand das Schwein verloren auf
dem Hügel herum, und sein Magen sendete
die Sechs-Uhr-Nachrichen und den Land-
wirtschaftsbericht. Die neuesten Speckpreise
waren nicht gut für seinen Stolz, da ein
Schweinekopf jetzt zwei Euro wert war und
ein Schweinearsch zwei Euro und sechs
Cent.

Dunkelheit umhüllte nun das Schwein und brachte ein Gefühl von Hilflosigkeit mit sich. Das Schwein streckte alle viere von sich und erstickte dabei den Klang einer Ceilidh Band und des Zeremonienmeisters, der ein künstliches Gebiss trug. Seine müden Augen blickten immer weiter nach unten, und mit einem Gemüt, wie es nur Schweine haben, träumte es davon, sich einem Zirkus anzuschließen. Mit dem Radio im Bauch könnte es doch als Imitator auftreten.

Jeden Sonntag könnte es gälische Sportarten vorführen und dabei die Artane Boys Band, die irische Präsidentin, zwei Mannschaften, fünf Bischöfe, sechzig Geistliche, einen Souvenirverkäufer, den Halter des soeben von Dieben aufgebrochenen Wagens DXL 1026 und schließlich noch eingeschobene Kurznachrichten liefern. Als Zugabe könnte es mit einer Frauenstimme ein halbstündiges Kochprogramm bringen.

Aber in jener Nacht auf dem Gipfel vom Fliegenschissberg endete das Rundfunkprogramm mit der Nationalhymne. Das Schwein sprang im Schlaf hoch und kippte vom Hügel, was seine verheißungsvolle Karriere im Keim erstickte, denn aus seinem Inneren ertönte ein Klicken und plötzlich wurde nach nah und fern Radio Moskau ausgestrahlt. Radio Moskau brachte Joseph Stalin mit den Landwirtschaftsnachrichten. Ein

Schweinekopf war einen Rubel wert, ein Schweinearsch anderthalb.

Kein Zirkus hätte ein Schwein eingestellt, das Joseph Stalin imitierte, deshalb rappelte es sich müde auf und beschloss, nach Hause zu trotten und seine Strafe auf sich zu nehmen.

Ein ehemals beruhigendes Nieseln brachte keinen Trost. Sterne funkelten vorwurfsvoll und ein Spinngewebe klebte am Rüssel des Schweines und imitierte ein Labyrinth aus Rissen. Aus seiner Position über dem verdunkelten Haus sorgte der Mond für diesen Eindruck. Wie dunkel das Haus bleiben würde, ließ sich nur erraten. Vielleicht würde der unvermeidliche Tritt, mit dem das Schwein rechnete, dafür sorgen, dass es wieder auf den irischen Rundfunk umschaltete, und es würde immer dort hocken und ab und zu einen Klaps abbekommen, der es klarer einstellte. Oder, und das war das Unaussprechliche, das Wort „gebratener Speck" würde sich ins tiefste Herz vom Fliegenschissberg einschleichen. Hier hieß es entweder „Stell das Schwein schärfer ein" oder „gib mal die Butter."

Diese Geschichte wurde erstmals veröffentlicht in: Mick Fitzgerald: Session, Songdog Verlag, Wien, 2010, und übersetzt von Gabriele Haefs

Jupp, der Lügner

Kersten Flenter

Das erste Mal hatten wir ihn Anfang Oktober im Jahr des heißesten aller Sommer gesichtet. Vorausgegangen war, dass der Hund regelmäßig nachts um viertel vor drei anschlug und Richtung Vogelesche bellte, wo wir die Futterstelle für die Vögel aufgehängt hatten. „Bestimmt ein Marder", hatte meine Frau gesagt, und dann installierten wir endlich die Wildkamera, die noch immer da auf dem Boden lag, wo Monate zuvor der Weihnachtsbaum gestanden hatte. Und siehe da: Als wir am nächsten Morgen die Aufnahmen der Nacht sichteten, tummelte sich eine vierköpfige Waschbär-Familie in unserem Garten und machte sich über das Vogelfutter her, das die vielfräßigen Stare und Spatzen auf den Boden geworfen hatten. Das war lustig. „Das ist lustig", sagte ich. „Ja", sagte meine Frau, und fortan standen wir morgens immer früher auf, um Waschbärfilme zu gucken.

Nach einigen Tagen dezimierte sich die Waschbärgruppe. „Das ist normal", wusste meine Frau, die sich in diesen Tagen mehrere hundert Seiten Waschbärliteratur angelesen hatte, „im Herbst trennen sich die Jungtiere von der Mutter und gehen eigene

Wege." – „Aha", machte ich. Schließlich, Ende des Monats, kam nur noch ein einzelner nächtlicher Waschbär, um uns zu belustigen. Dieser hatte nämlich die Angewohnheit, den Baum hochzuklettern und auf das Vogelhaus zu springen, sich mit allen vier Pfoten daran zu klammern und dann hängend von unten mit einer Pfote das Futter herauszupulen. Die Filme hatten einen hohen Unterhaltungswert für uns; der Hund allerdings schlug schon lange nicht mehr an und war von der immer gleichen Abfolge der Nächte sichtlich gelangweilt. Wir hatten den Waschbären Jupp getauft, der Name war mir eingefallen, als ich erfuhr, dass der Marderverwandte früher auch „Schupp" genannt wurde. Jupp war ein stattlicher, ausgewachsener Bär von beachtlichem Gewicht und irgendwie stand es für meine Frau und mich außer Frage, dass es ein männliches Exemplar war. Warum auch immer.

Nun begab es sich, dass ich eines Nachts etwas übermäßig vom guten roten Wein genossen hatte und mitten in der Nacht auf dem Sofa vor dem Panoramafenster zum Garten hin zu mir kam. Ich öffnete die Terrassentür, um mir Frischluft zu verschaffen, als ein leises Knarzen von der Vogelesche herüberklang. Ich nutzte die Gelegenheit und holte die Taschenlampe aus der Kommode, um Jupp in Aktion zu betrachten. Der Schein der Lampe erfasste ihn beim

Schaukeln am Vogelhaus, was ihn offensichtlich irritierte. Jupp fiel herunter und landete, so schien es mir, reichlich unsanft auf dem Rücken. Ärgerlich starrte er mich durch seine schwarze Gesichtsmaske an. Dann rollte er sich auf die Seite, sprang auf, klopfte sich mit der linken Vorderpfote die rechte Schulter und zeigte mir die Mittelkralle. Was ...?! „Hey!", rief ich. „Ja was denn?", brüllte der Jupp mich an und ich war fassungslos. Irritiert warf ich einen Blick auf die leere Weinflasche. Ich rieb mir mit Daumen und Zeigefinger den Nasenrücken, blinzelte, aber als ich wieder nach draußen sah, hatte Jupp sich aufgerichtet und stemmte die Vorderpfoten in die Hüfte. „Mach das nicht nochmal!", schimpfte er. Konsterniert schaltete ich die Taschenlampe aus. „So ist's schon besser", maulte der Waschbär, „Mann, Mann, sei froh, wenn ich mir deinetwegen nicht die Knochen gebrochen habe." – „Jetzt komm mal wieder runter", motzte ich, „ich meine, erstens kannst du froh sein, dass ich überhaupt mit dir rede, weil, ich rede eigentlich nicht mit Waschbären, und die meisten anderen hätten dich wahrscheinlich erschossen oder mit nem Stock nach dir geworfen oder dich sonstwie einfach ... vergrämt ... Und zweitens ist das hier immer noch MEIN Grundstück, da kann ich ja wohl machen, was ich will, ich bestimme hier nämlich. Nach meiner Frau, natürlich." – „Dein

Grundstück? DEIN GRUNDSTÜCK? Pass mal auf, du Stadt-Ei, meine Vorfahren haben schon in dieser Wochenendhaussiedlung geräubert, als du noch nicht einmal wusstest, dass es den Hils gibt."

Bevor wir das Haus gekauft hatten, wusste ich tatsächlich nichts über dieses nördlichste Mittelgebirge des Landes, insofern hatte der Waschbär recht, aber ... Moment mal. *Insofern hatte der Waschbär recht?* Was war los mit mir? Mit dem Wein musste irgendetwas nicht gestimmt haben. Eines der Gläser war sicher das eine Glas zu wenig gewesen. „Nun denn", sprach der Waschbär jetzt, „wo du endlich schon einmal rausgekommen bist und wir die Gelegenheit bekommen, uns kennenzulernen, kannst du mir eigentlich auch einen kleinen Gefallen tun." – „Einen Gefallen? Was denn?" – „Erklär ich dir unterwegs. Komm mit!"

Wir gingen nebeneinander die schmale Straße aus dem Wochenendhausgebiet heraus, überquerten die Hauptstraße des Dorfes und marschierten hügelaufwärts Richtung Wald. „Heißt du wirklich Jupp?", fragte ich den Bären. „Häh?" – „Wir haben dich Jupp getauft, meine Frau und ich. Jupp, von ‚Schupp', du weißt schon." – „Du spinnst doch", sagte der Waschbär, „von mir aus nenn mich wie du willst. Namen sind für Waschbären sowas von egal."

Wir waren im Wald angekommen und ich trottete jetzt vorsichtig hinter Jupp her. „Kannst du nicht ein bisschen schneller?", beschwerte er sich und ich erklärte ihm, dass ich im Dunkeln nun mal nicht gut sah, weil ich eben kein nachtaktives Tier war. Eigentlich war ich überhaupt nicht gern aktiv, aber das sagte ich ihm nicht. „Pass auf", stieß er plötzlich aus, aber es kam zu spät, ich war schon gegen das herumstehende Wildschwein gelaufen. „Ey!", sagte das Wildschwein. „Sorry!", sagte ich. „Was macht der denn hier?", wandte das Wildschwein sich an Jupp. „Ich will ihm was zeigen", deutete der Waschbär an, und fügte hinzu, das Schwein solle sich nicht sorgen, es würde bei diesem einen Mal bleiben, dass er Menschenfleisch mit in den Wald brächte, schließlich wolle man ja seine Ruhe haben, undsoweiter. Das Wildschwein hoppelte davon und Jupp gab mir einen schnellen Wink, weiter zu gehen.

Wir kamen an eine Lichtung. Ich erkannte den Ort wieder; die Einheimischen nannten ihn liebevoll ironisch „Pariser Platz", was wohl daher rührte, dass sich hier früher nächtens heimliche Liebespaare paarten. „Und nun?", fragte ich. „So, mein Freund", begann Jupp, „hier wirst du mich nun küssen." – „Wa...!? Aber sonst geht's noch, oder was? Du bist doch kein Frosch!" Und selbst wenn, dachte ich, würde ich dich auch nicht küssen. Wo waren wir denn? „Komm schon", sagte der Waschbär, „ich hab auch Geld." – „Jetzt soll ich mich auch noch prostituieren?!" Ich war ehrlich empört. „Wenn du's umsonst tust, umso besser", grinste Jupp. Ich rang um Fassung und fand sie. „Und falls das, was dann?", wollte ich wissen, „bist du ein verzauberter Königssohn oder nur ein Rasierapparat wie im Witz von Otto Waalkes?" – „Den kenne ich nicht", sagte der Waschbär, „aber ich versichere dir, dass es dein Schaden nicht sein soll, wenn du mich jetzt aus diesem Körper erlöst, in dem du mir einen herzhaften Schmatz auf den Mund gibst." Er schürzte die Lippen und ich ekelte mich ein bisschen. „Erst sagst du mir, was das soll und was dann passiert!" Ich fühlte mich ein wenig in gestärkter Position. Schließlich schien Jupp hier eindeutig auf mich angewiesen, während ich gut und gerne auf ihn verzichten konnte. Waschbären waren für mich immer noch Unnutztiere. „Oh, ihr Menschen", stöhnte Jupp, „immer argwöhnisch, immer im Gedanken an das Schlechte der Welt unterwegs, immer skeptisch, immer nur negativ, negativ, negativ! Alles muss verbrieft und versichert sein. Hast du keinen Sinn für Märchen und Wunder?" – „Komm mir nicht so, das zieht bei mir nicht." – „Wenn ich dir sage, worum es geht, wirkt der Zauber nicht." – „Dann sag mir wenigstens, was für mich dabei herausspringt. Meine Frau beschwert sich immer, dass ich zu viele Dinge umsonst tue." – „Umsonst soll es nicht sein, keine Sorge", beschwichtigte der Pelzträger. Ich frohlockte. Das klang vielversprechend. Vielleicht hatte Waschbär einen Goldschatz in petto oder ein Aktienpaket des Erlebniszoos Hannover, vielleicht könnten meine Frau und ich damit unsere Schulden abtragen oder zumindest die steigenden Rechnungen für das Vogelfutter begleichen. Ich versuchte, nicht an den Augenblick zu denken, überwand meine Scham und beugte mich zu Jupp herab, um ihm den gewünschten Schmatzer zu verpassen. Jupp schaute mich erfreut und mit treuseligen Augen durch seine Maske hindurch an.

Schon wieder hätte der Hund mich fast erwischt. Seit meine Frau das Haus alleine bewohnt, lässt sie ihn nachts oft hinaus, vielleicht hat sie Angst vor Einbrechern. Jedenfalls verhindert der Hund all meine Versuche, mich meiner Frau zu nähern; ich müsste doch zumindest versuchen, mich ihr zu erkennen zu geben. Obwohl mein Leben als Waschbär nicht wirklich schlecht ist. Es gibt reichlich Nahrung in dieser Ecke des Landes, und seit ich Jupp, den Lügner, aus meinem Revier vertrieben habe, sind meine natürlichen Feinde rar geworden. Nach dem Essen schaukele ich immer noch ein bisschen

am Vogelhaus und freue mich an dem Gedanken, dass meine Frau sich tags drauf darüber amüsiert.

Die Stimme des Universums

Martha Frei

… Im Feenreich war man höchst unzufrieden mit Minifray. Nicht einmal die leichtesten Aufgaben wie das Kochen und Backen von Blütenpollen-Broten, um den Bienen die harte Arbeit etwas zu erleichtern, oder das Beaufsichtigen der Kleinsten konnte man ihr übertragen. Stets wirkte sie verträumt, abwesend, als weile ihr Geist an einem fernen, fremden Ort. Bei den magischen Verrichtungen pflegte sie wichtige Zutaten zu vergessen und die Zaubersprüche durcheinanderzubringen, das Hüten des Nachwuchses endete immer in einem heillosen Chaos. Zudem sah sie ganz anders aus, als das bei diesen ätherischen, wunderschönen, strahlenden und filigranen Zauberwesen so üblich war, sie war dicklich und plump, hatte eine schiefe Knubbelnase, einen schmalen Mund und kleine, eng beieinanderstehende Augen. Daher entschloss sich der Oberste Rat der Feen dazu, ihr nur mehr die Pflichten einer Magd anzuvertrauen, denn beim Fegen, Putzen, Scheuern und Wienern kann man schließlich nicht allzu viel verkehrt machen…

 … Minifray fügte sich nur widerwillig, da sie mit einem beachtlichen Sturschädel gesegnet war und sich zudem zu Höherem berufen fühlte. Doch letztendlich, als man ihr sogar mit dem Verweis aus dem Feenreich drohte, ergab sie sich in ihr Schicksal. So führte sie tagein, tagaus dem guten Dutzend „weiser" und ergrauter Feenhäuptlingen des Obersten Rats den Haushalt. Und sang dabei, heimlich, wenn ihre Herrschaften im Feenreich unterwegs waren, um nach dem Rechten zu sehen. Sie hatte eine unbeschreiblich reine und klare Stimme, mit einem Klang und einem Volumen, wie sie hienieden noch nie zu vernehmen gewesen war…

… Eines Tages kündigte das Große und Unermessliche Weltenherz seinen Besuch an, und das Feenreich stand Kopf. Was wurde da geputzt, gewaschen, geschniegelt und gestriegelt, um ja einen gefälligen Eindruck zu hinterlassen! Aufgeregt tippelten die Mitglieder des Obersten Rates hin und her, als ein überirdisches Strahlen und Vibrieren den allmächtigen Gast ankündigte. Tief, sehr tief waren die Bücklinge, die da gemacht wurden! „Oh, Erhabenes! Womit können nen wir Euch dienen?" – „Ich bin auf der Suche nach meiner neuen Stimme des Universums und sicher, sie hier zu finden." Sodann begann der Reigen der Feen, ein schier ewigliches Wogen der zarten Gestalten, ein gar wundersames Singen und Jubilieren. Doch das Große und Unermessliche Weltenherz lehnte eine Künstlerin nach der anderen ungehalten ab. „Das ist sie nicht – das auch nicht – nein, nein, und die hier ist es keineswegs! – Sie muss hier sein! Sie muss! Ich irre mich nie!"…

… Tollpatschig, wie sie nun einmal war, stolperte Minifray, die ein kleines Vestibül neben dem großen Ratssaal zu putzen hatte, über ihren Schrubber und schlug der Länge nach hin. Das allmächtige Weltenherz beugte sich vor. „Wer ist das?" Die Obersten Räte zuckten mit den Schultern. „Ach, das ist nur Minifray, sie besorgt hier für uns die grobe Hausarbeit, weil sie zu nichts anderem nutze ist." Die Lichtgestalt wies auf Sambron, einen der Räte des Feenreichs. „Du dort! Bring diese Minifray doch bitte unverzüglich zu mir!"

Sambron verbeugte sich so tief vor dem Großen und Unermesslichen Weltenherz, dass die Spitze seiner ungefügen, schnabelförmigen Nase beinahe den Boden streifte, und begab sich in das angrenzende Vestibül. Doch er hatte nicht im Geringsten die Absicht, dem Befehl Folge zu leisten. Seine Tochter war eine der Aspirantinnen für die neue Stimme des Universums, und er hatte sie nicht seit ihrer frühesten Kindheit der Qual ungezählter Gesangsstunden ausgesetzt, damit sie nun von einer albernen, frechen und hässlichen Putze ausgestochen würde.

Der Oberste Rat packte Minifray, die sich grade mühselig wieder erhoben hatte, grob an den Schultern und stieß sie in eine dunkle, kleine Nische zwischen zwei wuchtigen Säulen. „Das Große und Unermessliche Weltenherz will dich singen hören! Nichts da! Kommt gar nicht in Frage! Ich habe nicht meiner Lilysa eine sündhaft teure Gesangsausbildung gezahlt, damit sie jetzt von so einem ungebildeten, ungehobelten Nichtsnutz wie dir um die Chance ihres Lebens gebracht wird! Ihr gebührt die Aufgabe, die Stimme des Universums zu sein, auf gar keinem Falle dir!" Während Minifray vor Schrecken der Mund weit offen stand und ihr die Sinne zu schwinden drohten, wurde sie von Sambron mit einem der grausamsten Bannsprüche belegt. Er grollte mit tiefer und vor Hass bebender Stimme: „Jakureit Afrentineit!" Es gab einen Donnerschlag, der die Dielen des kleinen Raums erbeben ließ. Minifray fühlte zutiefst erschrocken, wie ihre Glieder steif und unbeweglich wurden, als wären sie aus Stein.

Zufrieden nickend kehrte der Rat in den Großen Saal zurück. Er verbeugte sich fast noch tiefer vor dem Großen und Unermesslichen Weltenherz als zuvor und zuckte dabei scheinheilig hilflos die Schultern. „Es tut mir so leid, Eure Heiligkeit. Aber ich konnte das törichte Mädel nirgendwo finden. Vielleicht hat es sich so geschämt, Euch ge-

stört zu haben, dass es davon gelaufen ist."
Die Lichtgestalt beugte sich auf ihrem Thron
weit vor und unterzog Sambron einer derart
intensiven Musterung, dass dem alten Feen-
mann dabei ausgesprochen ungemütlich zumute war. Nach einem beklommenen
Schweigen, das unendlich zu währen schien,
forderte der Geist des Universums mit einem
Seufzen: „Die nächste Sängerin soll vortre-
ten."

Verzweifelt kämpfte Minifray gegen
die lähmende Starre an. Sie versuchte, um
Hilfe zu rufen, doch sie brachte lediglich ein
heiseres Krächzen zuwege. Vor Anstrengung
in Schweiß gebadet gab sie nach einer Weile
auf. Schwer atmend versuchte sie, sich zu
konzentrieren. Wie war doch gleich das Zau-
berwort gewesen, mit dem man einen solchen Bannspruch aufheben konnte? Vielleicht dieses hier? Sie raunte heiser:

„Randulum Brikussit!"

Es tat einen Knall und Minifray
schwanden kurz die Sinne. Als sie die Augen
öffnete, sah sie Hunderte kleiner Katzen über
das glänzende Parkett des Raumes strudeln.
Oh, nein! Dann ist es womöglich dieser
Spruch:

„Herpofillett Sundnum!"

Erneut knallte es laut, und der Blick
der kleinen Fee trübte sich. Als sie wieder sehen konnte, glich das Vestibül einem
Dschungel, überall, auf den Möbeln, dem Bo-

den, den Wänden wucherten Grünpflanzen, schlangen sich an den Säulen empor. Hiiiiilfe! Ach, weh mir! Ach, hätte ich doch nur bei den Zauberlektionen besser aufgepasst! Hätte ich mir doch die Bann- und Zaubersprüche aufgeschrieben und fleißig gelernt! Aus den Tiefen ihrer verängstigten Seele schien eine leise Stimme emporzudringen: „Aber du kennst sie doch, die richtigen Zauberworte. Du bist klug, du bist stark, Minifray. Versuch es noch einmal." Sie schluckte trocken und versuchte erneut, sich zu konzentrieren. Zwei Worte kamen ihr in den Sinn – diese mussten es sein!

„Jakureit Hudumeit!"

Rrrrrums! Noch einmal wurde es Minifray für ein Weilchen schwarz vor Augen. Dann gaben ihre Beine nach und sie sackte kraftlos auf den Boden. So wurde sie nach einer Weile vom Haushofmeister Guldenglass gefunden, der sich in das Vestibül gestohlen hatte, um sich dort einen kräftigen Schluck Honigschnaps zu genehmigen.

„Du Trödelliese! Wo steckst du nur die ganze Zeit! Das Große und Unermessliche Weltenherz hat dich suchen lassen, damit du ihm vorsingst – warum die Heiligkeit auf diese Idee gekommen ist, kann ich beim besten Willen nicht verstehen, du Nichtsnutz bist eine Schande für das ganze Feenreich!"

Erbost den Kopf schüttelnd führte Guldenglass die geschmähte und verachtete

Außenseiterin vor den lichtumwobenen Thron. Sambron drohten bei ihrem Anblick schier die Augen aus den Höhlen zu treten vor lauter Schreck. Er fühlte die Aufmerksamkeit des AllEins auf sich und wäre am liebsten im Erdboden versunken.

Angesichts all des Glanzes und der Herrlichkeit verzagte Minifrays widerspenstiges und ungestümes Herz, demütig und verschämt barg sie ihre vom Putzwasser aufgequollenen und geröteten Hände in der unförmigen Schürze. Das in seiner überirdischen Schönheit blendende oberste Wesen beugte sich vor. „Sing!" Minifray wurden die Knie weich. „Du hast nicht den geringsten Grund, dich vor mir zu fürchten. – Sing!" So schluckte sie den Kloß im Halse, der ihr die Kehle zuzuschnüren drohte, tapfer hinunter und hub an. Eine tiefe Ruhe erfüllte das weite Land, es schien, als hielte die Schöpfung den Atem an, um den Klängen Minifray's zu lauschen. „Das ist sie!", rief das Große und Unermessliche Weltenherz, „Das ist sie!" Es umwob das bislang so unglückliche Feenmädchen voller Zärtlichkeit und Liebe mit seinem strahlenden Licht, und all den Hohen Räten und Würdenträgern schien es, als hätte es noch nie zuvor ein schöneres Wesen im Reich der Feen gegeben…

… Wenn des Nachts in unfassbarer Vielzahl die Sterne und Planeten blitzend, funkelnd, strahlend ihre Bahnen durch das samtschwarze Firmament ziehen, wenn der so oft schier ratlose und lärmende Atem der Erde innehält, wenn ihr dann still seid und lauscht, könnt ihr ihren betörenden Lobgesang vernehmen – Minifray, die Stimme des Universums …

Die einfallsreiche Ehefrau

Regine Normann

Es war einmal ein Ehepaar, das wohnte nicht weit weg vom königlichen Hof.

Die Frau war klug und immer darauf bedacht, sich etwas dazuzuverdienen; der Mann dagegen war eher von der faulen Sorte und brachte nicht wirklich etwas zustande, so dass von Wohlstand bei ihnen keine Rede sein konnte.

Eines frühen Morgens war das Wetter sowohl an der Küste als auch im Landesinneren ganz wunderbar. Der Hering sprang bis auf die Steine am Ufer, und die Boote lagen dicht an dicht, um die Fische mit Eimern und Schöpfkellen und allem, was zur Hand war, aus dem Wasser zu holen.

Die Frau sah das Treiben, als sie mit der frischen Milch aus dem Stall kam, und dachte mit Freuden daran, wie lecker der frische Hering schmecken würde. Wenn ihr Mann nur endlich mit dem Hering zurückkäme, dann könnte sie sofort damit beginnen, eine köstliche Mahlzeit für sie beide zuzubereiten.

Doch als sie die Kammer betrat, lag ihr Mann unter der Pelzdecke und zog an seiner Pfeife.

– Was liegst du hier am helllichten Tage und bekommst nichts mit von Gottes reichen Gaben, die an den Ufersteinen hochspringen? rief sie wütend und verzweifelt.

– Ich habe kein Boot, antwortete der Mann.

– Du hast ja wohl das Boot, das du immer besessen hast, erwiderte die Frau.

– Du hast doch selbst immer gesagt, ich sei nicht in der Lage, für unseren Lebensunterhalt zu sorgen, sagte der Mann. – Darum habe ich das Boot gestern Abend, während du Kräuter sammeln warst, an einen Wandergesellen verkauft.

– Was für ein Exemplar von Mann habe ich da bloß geheiratet, jammerte die Frau.

– Dann sei jetzt bitte wenigstens so gut und steh auf und zieh dir deinen Sonntagsanzug an. Und dann gehst du zum König und bittest ihn um ein Geschenk.

– Jawohl, der Mann traute sich nicht, sich dem Befehl seiner Frau zu widersetzen. Er stand auf, zog seinen Sonntagsanzug an, nahm den Wanderstab und machte sich auf den Weg, insgeheim froh, den Blicken seiner Frau für eine Weile zu entkommen.

Als er zum Hof des Königs kam, stand dieser draußen auf der Treppe und fütterte seine Tauben mit Erbsen. Der Mann traute sich nicht, zum König zu gehen und ihn mit dem, was er auf dem Herzen hatte, zu belästigen. Deshalb blieb er mitten auf dem Hofplatz stehen und starrte hinüber.

– Wenn du mit mir sprechen willst, musst du schon näherkommen, rief der König.

Zaghaft trat der Mann an die Treppe und grüßte mit dem Hut in der Hand:

– Gottes Frieden und Segen für deine Arbeit.

– Was möchtest du mir sagen? fragte der König, der sichtlich gut gelaunt war.

– Meine Frau sagt, ich solle um ein Geschenk bitten.

– Und was soll das sein? fragte der König.

– Sie sagt, ich solle um ein Geschenk bitten.

– Das habe ich gehört, aber was für ein Geschenk möchtest du denn haben?

– Meine Frau sagt, ich solle um ein Geschenk bitten, wiederholte der Mann, denn er wusste nichts anderes zu sagen.

– Es gibt einen verlassenen Acker in einer Bucht, ein Stück südlich von meinem Hof, den kann ich dir und deiner Frau überlassen, sagte der König, und der Mann bedankte sich und trottete nach Hause.

Am Abend gingen die Frau und der Mann los, um sich ihr neues Stück Land anzuschauen.

– Jetzt tu genau das, was ich dir vormache, sagte die Frau und suchte sich einen kräftigen Ast und entfernte die Zweige. Sie fand einen zweiten und begann, kreuz und quer über den Acker zu gehen; bei jedem zehnten Schritt blieb sie stehen und stieß den Stock kräftig in die Erde und sah sich dabei nach allen Seiten um, als ob sie versuchte, sich an den Baumkronen zu orientieren.

Der Mann tat es ihr gleich, stieß seinen Stock in die Erde und blickte umher. Keiner von ihnen sagte ein Wort.

Im Wald lagen drei Räuber auf der Lauer. Sie sahen die Frau und den Mann wie zwei Verrückte übers Feld laufen und die Erde abklopfen, und der Anführer ging zu ihnen hin und fragte, warum sie derart auf dem verlassenen Acker herumirrten.

– Das kann ich dir sagen, antwortete die Frau.

– Mein Mann hat heute dieses Stück Land vom König geschenkt bekommen, und hier soll irgendwo ein großer Schatz vergraben sein. Jetzt versuchen wir herauszufinden, wo sich ein Hohlraum in der Erde befinden könnte. Und morgen werden wir beginnen, nach dem Schatz zu graben.

Kaum hatten sich die Frau und der Mann auf den Heimweg gemacht, kamen die drei Räuber aus dem Wald hervor und begannen zu graben. Das gesamte Feld stachen sie um, von einem Knick bis zum anderen, doch einen Schatz fanden sie dabei nicht.

Die Frau pflanzte Frühkartoffeln in der frisch aufgelockerten Erde, und es war der ertragreichste Kartoffelacker weit und breit. Sie verdiente viel Geld mit dem Verkauf und war glücklich und zufrieden.

Doch als der Sommer zu Ende ging und es nichts mehr zu verkaufen gab, kam der Anführer der Räuberbande und verlangte all das eingenommene Geld, denn schließlich seien er und seine Kameraden es gewesen, die den Acker für sie umgegraben hatten. Sie erwiderte nur, er solle sich zum Teufel scheren, und er zog fürs Erste davon.

An einem der folgenden Abende war die Frau damit beschäftigt, Gerstenklöße auf der Ofenplatte zu braten. Es war heiß, deshalb stand die Tür nach draußen ein wenig offen. Während sie so zwischen Esstisch, Teigschüssel und Ofen hin- und herging, entdeckte sie im Lichtschein des Türspalts den Räuberhäuptling, der versucht hatte, an ihr Geld zu kommen. Er versteckte sich hinterm Holzschuppen und wartete darauf, dass es still wurde im Haus.

Sie tat, als ob sie nichts bemerkt hätte, während sie weiter in der Küche wirtschaftete und mit ihrem Mann plauderte, der am Tisch saß und von den frischen Bratlingen kostete. Doch die ganze Zeit dachte sie darüber nach, wie sie dem Räuber eine Falle stellen könnte.

Neben der Tür stand noch der Eimer voller Krebse, mit dem der Mann nach Hause gekommen war. Während sie weiter am Ofen stand, sagte sie so laut, dass es auch draußen gut zu hören war:

– Heute Nacht habe ich geträumt, dass dieser Widerling von Räuber, der hier gewesen war, um nach dem Geld vom Kartoffelverkauf zu verlangen, noch einmal aufgetaucht ist, um es zu stehlen. Aber ich bin schlau und verstecke es in dem Eimer hier und lege ein paar Bratlinge obendrauf, dann findet er es nie.

– Ja, mach das, sagte der Mann.

Kaum hatten sie sich hingelegt und das Licht gelöscht, ging die Küchentür auf, und der Räuber streckte die Hand aus, griff nach dem Eimer und rannte damit in den Wald, wo die beiden anderen auf ihn warteten.

Sofort machten sie sich über die frisch gebratenen Klopse her; der Anführer aber steckte seine Hand tief in den Eimer, um das Geld herauszuholen. Doch er zog sie noch schneller wieder heraus, und an jedem Finger hing ein Krebs, und bis seine Kameraden es schafften, ihn von den scharfen Scheren zu befreien, war er blau und blutig gebissen.

Nicht lange danach öffnete die Frau eines Abends das Schlafzimmerfenster, um vor dem Zubettgehen ein wenig frische Luft hineinzulassen. Vor dem Fenster wuchs eine stattliche Eberesche, und in der Krone hing ein großes Wespennest.

Als sie das Fenster wieder schließen wollte, sah sie einen Mann hinter der Mauer auf der Lauer liegen. Ihr war sofort klar, dass es sich um einen der Räuber handeln musste, und geistesgegenwärtig wie sie war, tat sie so, als ob sie mit ihrem Mann sprach. Möglichst laut sagte sie, sie habe das Geld in Schafswolle gewickelt und ein weißes Taschentuch darumgebunden und das Ganze hoch oben in die Eberesche gehängt.

Der Räuber hörte jedes Wort, und zwischen den grünen Blättern sah er etwas Rundes in der Baumkrone schimmern.

Er lief in den Wald, um seinen Kameraden Bescheid zu sagen, und zusammen schlichen sie zurück zur Eberesche. Der Kleinste von ihnen sollte zu dem Bündel hinaufklettern, die beiden anderen drückten sich eng an den Stamm und hielten Wache.

Doch kaum war er oben angekommen und hatte nach dem Nest gegriffen, da strömten auch schon die Wespen hervor und stachen ihn ins Gesicht, in den Hals und in die Hände, so dass er sofort losließ und mit beiden Armen um sich schlug, um den Schwarm abzuwehren.

Die beiden anderen dachten, er wäre dabei, das Geld einzustecken. Rufen konnten sie ja nicht, dann hätten sie den Mann und die Frau geweckt, so begannen sie ihrerseits hinaufzuklettern, um an ihren Teil der Beute zu kommen. Sofort gingen die Wespen auch auf sie los, und die Räuber schlugen wild um sich, um die Stiche abzuwehren, bis die Äste brachen. Sie fielen herunter und verletzten sich, so dass sie sich auf dem Rückweg zur Räuberhöhle gegenseitig stützen mussten.

Der Frau war klar, dass die Räuber jetzt hinter ihr her sein würden und wahrscheinlich nicht nur ihr Geld, sondern auch ihr Leben wollten. Deshalb schickte sie ihren Mann los, um Moos und Heidekraut herbeizuschaffen; beides nähte sie an einem blutroten Daunenkissen fest. Vom Ameisenhaufen holte sie Ameisen und bugsierte sie in den einen Zipfel, band einen Faden darum, stülpte sich das Kissen über den Kopf und zog los Richtung Wald, um nach dem Versteck der Räuber zu suchen.

Sie war schon eine ganze Weile so umhergestreift und durch Moore und Heiden und öde Landschaft gekommen, als sie schließlich mitten im dichtesten Wald eine kleine grüne Lichtung fand. Ein Bach schlängelte sich vorbei, und sie merkte, wie durstig und erschöpft sie von der weiten Wanderung war.

Gerade als sie sich zum Trinken niederkniete, sah sie nicht weit entfernt einen Mann durchs Bachbett waten. Schnell kroch sie rückwärts und versteckte sich im Gebüsch neben dem Bach und ließ die Ameisen frei. Wer es nicht besser wusste, musste denken, dass sich an dieser Stelle ein Mooshügel befände, auf dem es vor Ameisen nur so wimmelte.

Genau das dachte der Räuber, der mit einem toten Lamm über den Schultern näherkam. Neben dem Gebüsch hielt er an, krächzte wie ein Rabe, und sofort glitt ein riesiger Grasballen, der an einer Stange befestigt war, zur Seite. Unter dem Grasballen befand sich ein großes Loch, und kaum war der Räuber darin verschwunden, glitt der Grasballen wieder zurück und verschloss die Öffnung.

Die Frau steckte ein paar Äste in die Erde, um sicher zu gehen, dass sie die Stelle wiederfinden würde, und schlich von dannen. Sie fand zurück zu dem Weg, den sie gekommen war. Allerdings hatte sie es jetzt noch ganz schön weit. Es begann zu dämmern, und im dunklen Wald wurde es immer einsamer, und sie wünschte sich, sie wäre schon zu Haus.

Plötzlich nahm sie zwischen den Stämmen den Schein eines Feuers wahr. Sie schlich sich von Baum zu Baum näher heran, und tatsächlich saß dort kein anderer als der Räuberhäuptling mit ihrem Geldbeutel in den Händen.

– Dreckskerl, Du hast Dir also das Geld geholt, während ich fort war! schrie sie.

Doch als der Räuberhäuptling das grässliche Geschrei hörte und im Schein des Feuers das blutrote Kissen mit all dem Heidekraut sah, hielt er sie für eine Waldhexe. Er warf den Beutel und alle Münzen sowie einen großen Sack mit Gold und Silber von sich und rannte davon, so schnell seine Beine ihn trugen.

Die Frau nahm die Diebesbeute an sich und fand, dass dies ein anständiger Lohn für ihr gelungenes Tagwerk war.

Später schickte sie ihren Mann zum König, um Bescheid zu geben, wo genau die Räuber zu finden seien. Doch als der König zu hören bekam, was die Frau alles gemacht hatte, sagte er:

– Geh heim und richte deiner Frau aus, dass du ab morgen Mitglied im königlichen Rat bist, denn jemand, der eine so einfallsreiche Ehefrau hat, wird ja nie eine Gelegenheit bekommen, sich selbst etwas einfallen zu lassen.

Die Räuber aber wurden gefasst und gehängt, und der König nahm alle Schätze an sich, die sie im Versteck unter der Erde gehortet hatten.

Und schnipp, schnapp, schnaus, jetzt ist das Märchen aus.

Dörte Giebel übersetzt Regine Normann, die Geschichte von Regine Normann wurde erstmals veröffentlicht in: Det gråner mot høst. Nordlandssagn, Aschehougs Forlag, Oslo, 1930

Anan und das Bild von den Seepferdchen

Michael Habel

Ein Märchen von einer Reise in vergangene Zeiten und dem Kampf von Gut gegen Böse.

Nimm einen Greis, der sanft entschlief, ein junges Ding, das man vom Felsen stieß, einen Geiger, der den letzten Ton nicht traf und einen König, den man der Eisernen Jungfrau gab. Nimm sie und zähl' die Jahre, die sie lebten. Zieh sie von heute ab. Und zähle weiter fort, damit die Geschichte beginnt. Nimm eine Magd, die rückwärts in ein Feuer fiel, einen Soldat, der letztlich kopflos blieb, die Fürstin, die ein Gift sich kochte, den Spion, der sich selbst verriet und ums Leben brachte, einen jungen Kerl, der Pulver mit Funken mischte, die Diebin in der dunklen Gasse und wie schnell der Blitz sie rief. Man fand auch den Mönch in einem Topf mit Bleiche, blass trieb er darin herum. Geht es noch? Kommst du mit? Geh ihre Leben zurück, denn sonst kommen wir nicht voran, die Geschichte fängt nicht an. Lass sie sterben und zähl brav mit.

Den Metzger, dem das Beil entglitt, den Nimmersatt, der heftig platzte, die Schönheit, die von dannen schritt, so leise wie sie litt. Und den alten

115

Henker, den man langsam, langsam henkte. Jungfräulein Lehrerin mit ihren Pocken, einen Schönling, der ganz hässlich ging, den Stierkämpfer, den eine Mücke stach, die Ärztin, den der Arzt entzweite. Die beiden Damen, die im Wald flanierten, was das Wildschwein sah, den Brauer, der im See ertrank, die Frau, die in der Wüste verschwand, den Reiter, den ein Loch verschluckte und, kaum geboren, das arme bläulich Kind.

Und zähle weiter, denn auch sie sind wichtig, weil die Leiter noch viel weiter geht nach unten hin: Den Säufer, dem die Därme platzten, die Köchin, die das Hühnerbein mit dem spitzen Knochen raffte, die Äbtissin, die man würgte, bis es knackte, den Mann auf seinem Scheiterhaufen, der so gerne wär' gelaufen. Sowie den Eunuchen mit dem Dolch im Hals. Die Freifrau, die auf dem Turm ans Fliegen dachte. Den Dieb, den seine Häscher trafen, und den Narr, nach dem sie Steine warfen. Nimm auch sie und weg mit ihren Jahren. Streiche sie und ziehe ab. Jedes Grab. Hast du die Zahl im Kopf? Tu' es lieber oder ende hier. Deine Entscheidung, das sag ich dir. Wie auch immer du entscheidest – nun beginnt die alte Mär.

Es war einmal vor langer langer Zeit und noch ein kurzes Leben mehr eine Künstlerin, die schwang ihren Pinsel so anmutig wie Ähren im goldenen Wind. Die Borsten bewegten sich auf und ab und kreisten wie von selbst um das, was sie beschrieben. Dazu wippte ihr lockiges Haar auf und ab, dass es allen eine Freude war, ihr beim Malen zuzusehen. Anan, so hieß die gute Frau, malte Bilder und Wände im ganzen Land, so berühmt war sie. Und die Menschen liebten diese Frau, denn trotz ihres Ruhms blieb sie bescheiden und half allen, wo sie nur konnte. Doch auch sie hatte auf ihrem Weg die Wolken vor die Sonne ziehen sehen, denn der Mensch ist dem Menschen ein Wolf. Und dennoch war sie stark geblieben und glaubte, dass ein Gemälde den Schmerz nimmt, den eigenen und den anderer, und alles heilen kann, was es da Böses auf der Welt gibt. Und davon gab es eine Menge. Diese war dicht und dunkel, zog wie Nebel in die Gebäude ein und spieh ihre graue Galle auf die sorglos Schlafenden. Bald schon fürchteten sich viele vor dem Hahnenschrei, denn niemand konnte sagen, wo das Böse Einkehr gehalten hatte. Es kam unerwartet und heimtückisch und veränderte den freundlichsten Kerl im Nu zu einem, der es auf alle anderen abgesehen hatte und Schande über die Welt brachte.

Die Künstlerin jedoch malte nur das Gute, fürchtete sich nicht, und die Menschen liebten sie dafür nur umso mehr. Dies ist ihre Geschichte, die noch etwas früher beginnt. Nimm jetzt nur zwei. Nimm einen Uhrmacher, dessen Zeit ablief, und einen Gnom, der in der Pfanne briet.

Es war einmal ein kleines Kind, das malte. Es malte, als ob es nichts anderes auf der Welt gäbe. Es konnte sich auch gar nichts anderes vorstellen, als die ganze Welt mit Farben zu füllen. Auch den Herrn Gottvater sah sie im Himmel nicht als unnahbaren Herrscher, aber als einen prächtigen freundlichen jungen Maler, der den Pinsel in die größten Töpfe tunkte und den Himmel leuchtend blau malte, das Gras sattgrün und das Feuer feuerrot. Blatt um Blatt füllte Anan bedächtig aus und versteckte die Bilder in ihrem Zimmer unter einer losen Diele. Denn zwar war der Vater ein braver Mann. Doch seine Gattin, die Stiefmutter des Kindes, war schon vor vielen Jahren als böse Frau aufgewacht. Später dann hatte sie den armen Vater mit ihrem Antlitz verhext. Er lehnte sich nicht mehr gegen sie auf, denn bei nur einem Widerwort entzog sie sich ihm für Tage und Wochen. Das Weib hasste das Kind so tief, wie der Stein in den Brunnen im Dorf fiel, und dachte sich jede nur erdenkliche Gemeinheit aus, ihm zu schaden und es traurig zu machen.

So ging das Mädchen jeden Abend mit den Farben in eine andere Welt und malte sie sich mit Freude und Liebe aus. Eines Tages, das Mädchen war fast schon zu einer jungen Frau herangereift, kam die Stiefmutter in das Zimmer, um nach etwas zu suchen, womit sie schelten könne. Und wie der Zufall es wollte, trat sie an diesem Abend auf die lose Diele, die ihr Geheimnis mit einem Knirschen offenbarte. Ungläubig sah sie, was ihr Mann dem Kind alles ohne ihr Wissen gegeben hatte, zerbrach die Pinsel und verbrannte die Bilder in dem ansonsten kalten Ofen und zwang das Kind, ihr dabei zuzusehen. Es weinte Tränen und viele berichteten später, dass sie bestimmt in den Farben des Regenbogens geschimmert hatten. Das letzte Bild aber, das schönste von allen, gab sie dem Mädchen in die Hand und sah es so finster an, wie sonst der Teufel es nur konnte. Die junge Malerin gab das Blatt zu den Flammen und ihre Tränen wurden schwarz. „Zur Strafe aber, mein dummes Kind", sollst du schon morgigen Tags Dienerin beim Herzog werden," lächelte die böse Frau und drehte den großen Schlüssel der Zimmertür dreimal im Schloss um. Das Mädchen hatte viel vom Herzog gehört und kein gutes Wort war darunter. Eine Person, die der Stiefmutter ins nichts nachstand, das Gesinde quälte, das Recht nicht nur der ersten Nacht sein Eigen nannte.

Das Mädchen aber riss die Fensterluke auf, floh über das Dach, sprang herunter, kam gut auf und lief über Stock und Stein, lief weiter und weiter, bis es sich ausruhen musste, aß Moos und Rinde, trank aus den Weihern und Bächen, lernte die Beeren zu lieben und lief und lief und lief weiter. Sah bald den Tod und oft den Teufel, den galligen Krieg mit seinem Wahnsinn und dem, was auf ihn folgte, die Leichen, aufgedunsen, gerädert und verbrannt, und vieles mehr, was niemand sehen sollte, schon gar nicht ein junges Kind. Den Jungen zum Beispiel. Der Mörser hatte das Gehöft seiner Eltern getroffen, der Bauer und die Bäuerin tot, die Knechte und Mägde geflohen. Der Junge lag unter zerrissenen Mauern, daneben qualmendes Gebälk. Anan ging vorsichtig näher, streichelte ihn und zeichnete ihm mit einem Stock den Himmel in die Erde. Das nahm er mit als letztes Bild. Ein Soldat der Gegnerischen, der sie beobachtet hatte, pirschte sich durch Bäume, deren Kronen geborsten waren. Sprang auf und richtete seine Flinte lachend auf das Kind, bewegte den Lauf gebieterisch nach oben. Sie stand auf und fürchtete sich das erste Mal seit langem. Doch dann sah er die Wolken im Sand, kniete nieder und ein Wunder geschah – er begann zu weinen. Sie ging einfach weiter und bald hörte sie den lauten Knall und sah den Oberkörper des Soldaten auf die Wolken sinken.

Das Böse, das sich gern verkleidete

und sich als kleinstes Übel zum Wohle vieler gab, sah sie noch oft. Im Krieg ist es einfach für die graue Galle, denn Hass zeugt Hass und Opfer gibt es deren viele. Helden waren seit jeher selten, nun gab es fast keine mehr. Anan ging einfach weiter und das Böse herrschte noch viele Meilen weit. Dann kam sie in ein Land, in dem die Leute nicht mehr schlafen mochten. Gegenseitig hielten sie sich die Augen offen. Das war schmerzhaft, gewiss, doch der Nebel zog nach langem Zögern weiter. Ermattet schliefen die Menschen ein, dort, wo sie gerade waren, nebeneinander, übereinander, auf dem Pferd und unter dem Baum. Doch das Mädchen wollte weiter. Nach dem Weg durch einen riesigen Wald mit Lichtungen voller Vögel und Hügeln, wo die wilden Kerle lebten, fand sie schließlich ein friedliches Königreich, von dem sie Gutes gehört hatte. Die Menschen gaben ihr von dem, was sie hatten, und betteten sie auf Stroh. Darin schlief sie sieben Wochen lang, man ließ sie ruhen. Als sie erwachte, konnte Anan ihr Glück nicht glauben. Lange Zeit hatte sie die Augen vor dem Grauen geschlossen, hatten ihre Ohren nur Schreien gekannt und Fäulnis ihre Nase gerochen. Nun war da endlich wieder Lachen und es roch nach frisch gebackenem Brot und sie konnte sich nicht sattsehen an den Tänzen am Abend. Hier will ich bleiben, sagte sie sich. Und ließ es sich bei einem

Schwarzfärber nieder, in seinem Handwerk Künstler wie sie. Sie half ihm, wo sie nur konnte, und lernte über das schwärzeste Schwarz, die Späne aus Eisen für das Färbebad, die Salze, den Ruß und die Kohle und schwieg über das Geheimnis der Mischung des Meisters. Sie lernte auch, dass die Nacht der Nächte die Farben leuchten ließ. Der Kanonendonner, die Schreie und das Gezeter der Stiefmutter rauschten anfangs noch in ihrem Ohr, aber Stück für Stück warf sie die Schwere ab. Färbte schon bald wie ein Alter, malte immer fröhlichere Bilder und reifte zur Frau. Mit ihr reiften die Bilder und wurden tief.

Als sie einmal beim Färben war, die Zutaten im Bottich über dem Feuer rührte und mit ihrem Blick ganz tief in die Farbe tauchte, sah sie zwei Seepferdchen und wie sich das Liebespaar mit den Schwänzen an Halmen auf dem Meeresgrund festhielt und wie sie die Bewegungen der Wogen hin und her trieb. Das Weibchen sah das schwangere Männchen an, seine Bauchtasche prall gefüllt. Den majestätischen Anblick behielt sie so fest sie konnte im Gedächtnis und malte das Paar auf ein großes Tuch aus Leinen und Flachs. Als das Werk nach vielen Tagen beendet war, zeigte sie es ihrem Meister, und der erstarrte. Die Seepferdchen waren so anmutig geworden, dass er mit der Leinwand herumging und sie so vielen zeigte, dass das ganze Königreich von den Seepferdchen sprach. Auch in den Königreichen und Fürstentümern rings herum ging die Kunde um. Davon hörte auch die Stiefmutter der Künstlerin, die sich stets mit dem Nebel des Bösen umgab. Sie sann so sehr auf Rache gegen das Kind, dass es sie manchmal schmerzte. Ihren Mann hatte sie nach Anans Flucht in einen Stall gepfercht und ließ ihn hungern und dürsten. Derweil hatte sie sich einen Gespielen gefunden und verhexte ihn wie einst den Mann. Nach kurzer Rede, einem Zusammenkneifen der Augen und Fingerschnippen sandte sie ihren Galan los, das Kind aufzuspüren. Um ihm ein für alle Mal zu schaden und den Ruhm und das Malen endlich zu beenden, das war ihr finsteres Ziel.

So ritt der junge Mann mit dem Auftrag der Stiefmutter von dannen, mied die Heere und fragte jeden, den er traf, ob er von dem Bild gehört habe, das so besonders sein solle, dass man überall davon sprach. Das erste Mütterlein, das er an einem Bach beim Waschen traf, hatte noch nie von einem solchen Bild gehört, nur welche in der Kirche gesehen und schickte ihn weiter in den nächst größeren Ort. Dort traf er den Schulzen, und sagte sein Sprüchlein auf. Der überlegte kurz und hieß ihm zur Kutschstation zu gehen, denn hier kehrten Fremde ein, die auf ihren Reisen vieles gesehen und gehört hatten. Tatsächlich befand sich ein Kaufmann unter ihnen, der das Werk mit eigenen Augen gesehen hatte und ganz andächtig davon sprach. So hatte der Gespiele seine Fährte aufgenommen und schon bald sattelte er sein Pferd in jenem Ort ab und hatte gefunden, was ihm zu finden aufgetragen war. Er erhielt Einlass in der Färberei und traf die Künstlerin. Unter vielen Verbeugungen und Bekundungen versuchte er ihr zu schmeicheln, um Einlass in die Werkstatt zu erhalten. Die ganze Zeit über hatte sie das Gefühl, ihn schon einmal gesehen zu haben, und auch an die Narbe auf seiner Wange erinnerte sie sich, aber ihr Weg war so lang gewesen und so vielen Menschen war sie begegnet, dass sie nicht darauf kam, dass er aus einem Nachbardorf ihrer Heimat war. Sie zeigte ihm die Werkstatt und auch das Bild. Flugs bekreuzigte er sich und bat darum, es länger betrachten zu dürfen. Als man die Künstlerin zum Färben rief, nahm er das Fläschchen mit Gift aus eingefangenem grauem Nebel aus der Tasche und benetzte die Firnis der Seepferdchen damit. Es war ihm, als ob sie die Augen rollten und böse Blicke nach ihm warfen. Auch wischte er das Gift auf alle Bilder, die an den Wänden standen. Dann verabschiedete er sich dankend, sah sich in dem Dorf um und fand ein Zimmer. Denn er wollte sehen, was sein schändliches Treiben anrichten würde, um seiner Gebieterin besser Auskunft geben zu können. Das Bild selbst hatte in ihm keine Gefühle hervorgerufen, denn es mag sein, dass er keine außer denen zur Stiefmutter der Künstlerin hatte.

Derweil hatte man auch dem Prinzen des Landes von dem Bild mit den anmutigen Tieren erzählt. Es interessierte ihn, denn er war ein Freund der Künste, mochte Farben und Formen jeglicher Art. So kam er, ein stattlicher und schöner junger Mann, verkleidet mit einem Umhang, wie ihn sonst Prinzen nicht tragen, auf einem gewöhnlichen Pferd vor die Färberei und gebot um Einlass. Der Meister gewährte ihm dies und führte ihn in den Raum der Künstlerin. Sie selbst war wie so oft beim Entfachen des Feuers für den Bottich und wurde geholt. Sie begrüßte ihn, der Frieden möge mit ihm sein und fragte, was ihn an ihre Stätte führe. Er antwortete, dass er von einem ganz wunderbaren Bild gehört habe, er wolle es so gerne sehen. Sie merkte an der Art und Weise, wie er sprach und sich zeigte, dass jemand Besonderes vor ihr stand. Errötend deutete Anan auf das Tuch, das über die Leinwand geworfen war und als der Prinz sich wünschte, sie möge es lüften, kam sie ihm nach.
Er bat um einen Schemel und blieb dort für viele Stunden. Nachts dann stand er

benommen auf, dankte vielmals und ritt davon. Sie stand noch am Tor, als er nicht mehr zu sehen war. Das Bild aber ließ er schon am nächsten Morgen mit einer Kutsche holen und entlohnte die Künstlerin reichlich. Sie erschrak, als sie hörte, wer da bei ihr gewesen war, und freute sich doch ungemein. Das Geld verteilte sie an die Menschen, die es nötiger hatten als sie. Der Prinz jedoch lud Freunde in seine Gemächer ein, damit sie das Werk bewundern könnten. Einige boten ein Vielfaches mehr, doch er verwies sie an die Künstlerin, denn dort stünden noch viele schöne Bilder mehr, von Bäumen und von Blumen, von Landschaften, Tieren und Menschen. Die Seepferdchen aber, so sagte er allen, wolle er um jeden Preis behalten. So kam es, dass Menschen bei ihr ein und aus gingen und das Gift in viele Häuser kam und langsam, aber sicher seine Wirkung tat.

Der Prinz träumte insgeheim jede Nacht von der, die etwas schuf, was sonst niemand geschaffen hatte. Er starb als erster. Die Edelmänner und Kaufleute, die auch Werke ihr Eigen nannten, folgten ihm schon bald in die feuchte Erde. Und die Königin, von Gram gezeichnet, verstand die Welt nicht mehr, denn in ihr friedvolles Königreich hatte sich der Tod geschlichen. Es musste doch einen Grund für das Sterben geben. Der Galan bat schließlich um Audienz, erläuterte, dass er fremd hier sei und von den Vorfällen gehört habe. Ganz ähnlich sei es in seiner Heimat zugegangen. Alle, die ein Bild von einer Künstlerin erworben hätten, seien einen qualvollen Tod gestorben. Ob die Künstlerin denn aus diesem Dorf sei, wollte er wissen. Schließlich sandte die Königin ihre Häscher nach Anan aus.

Sie weinte bitterlich, als man sie in ein Verlies zerrte. An diesem feuchten Ort hatten schon viele geschmachtet. Die Zeit ging langsam voran, was sollte man tun? Viele hatten Zeichen in die Wände geritzt und gekritzelt. Schließlich schabte Anan den Kalk mit ihren Nägeln ab, bis die Finger wund und blutig waren. Den hellen Staub sammelte sie und vermischte ihn mit dem wenigen Wasser, das sie täglich bekam. So malte sie eines Nachts auf die dunklen Steine. Als der Soldat am Morgen das Bildnis sah, war er wie verwandelt zu der jungen Frau, brachte Essen und Getränke.

Er bat bei der Königin vorsprechen zu dürfen und schließlich besuchte sie das Verlies. Es war ihr Antlitz, das sie dort in Kalk gemalt auf den Wänden sah. Es war so schön wie sie selbst und noch ein bisschen schöner. Also ließ sie sich einen Hocker bringen und lauschte Anans Geschichte. Schon bald kam ihr ein schlimmer Verdacht. Am nächsten Tag befahl sie dem Giftmischer, der eifrig am Packen war, ins Schloss zu kommen. Der schlotterte schon, noch bevor er die Königin sah und gestand, als sie ihn nur kurz anblickte, seine Schande. Die Königin ließ die Künstlerin frei, ließ ihre Häscher los, um die böse Stiefmutter zu holen, und warf sie und den Mörder in das Verlies, in dem die Malerin gewesen war. Die Wand mit ihrem Bildnis hatte sie abtragen lassen und im Schlossgarten aufgestellt. Im Verlies jedoch, an der neuen Wand, hingen Bilder der Künstlerin. Angst machte sich bei der bösen Frau und ihrem Gespielen breit, denn sie bangten um ihr Leben. Sie fingen das Husten an und auch der Kopf schmerzte sehr, doch war es die Einbildung und kein Gift auf den Bildern. So sahen sie tagein, tagaus auf Schönheit, wie man sie nur selten findet, und hatten doch keine Freude daran. Als der Herbst kam, wurden sie aus dem Lande gejagt und alle Bewohner zeigten mit den Fingern auf sie und lachten und tanzten. Nur die Königin und die Künstlerin nicht, sie dachten an den Prinzen und trauerten sehr.

Und nun nimm ein Kind, das das Fieber verbannte, eine Frau, die aus den Fluten stieg und einen Mann, der den Berg bezwang. Zähle voran, dann kommst du an.

Es war einmal eine alte Frau, die noch so malte wie ein kleines Kind und Freude an den Farben hatte, auch wenn das Augenlicht sie langsam verblassen ließ. Und wenn sie nicht gestorben ist, dann malt sie auch noch heute.

Zorro zu Weihnachten

Gabriele Haefs

Früher habe ich Krippenspiele immer doof gefunden. Alles ist so festgelegt, Personen und Handlung und so. Aber in einem Jahr hatte Richi eine Idee, und danach war alles anders. Richi hatte nicht oft Ideen, er hatte zuviel Angst, vor der Schule und vor Pingel, unserem Klassenlehrer. Das war so ein Lehrer, der sich unheimlich witzig fand. Als wir Steigerung lernen sollten, groß, größer, am größten und so, stellte er die drei dicksten Kinder aus der Klasse vor die Tafel, dick, dicker, am dicksten. Das fand er komisch. Richi war natürlich nicht dabei. Richi ist viel zu klein, zu dünn und zu blass. Aber am ersten Schultag, als der Pingel einen Witz brüllte, hat Richi sich vor Schreck die Hose nassgemacht. Und der Pingel sorgte natürlich dafür dass das niemals vergessen wurde.

Wir gingen inzwischen schon drei Jahre in die Schule, Richi war noch immer blass und klein, der Pingel fand sich noch immer witzig. Und dann sagte der Pingel eines Tages, dass wir in diesem Jahr das Krippenspiel aufführen müssten. Beim Weihnachtsfest in der Schule.

Er verteilte auch gleich die Rollen. Ich sollte ein Heiliger Dreikönig sein (ich wäre lieber die Maria gewesen). „Richi ist das

Jesuskind", sagte der Pingel. „Wir setzen ihn in eine Plastikwanne, und er kriegt eine Windel, dann fällt's nicht auf, wenn er sich in die Hose macht!"

„Ich will aber nicht das Jesuskind sein", sagte Richi, als wir ohne den Pingel unser Stück planen sollten. „Hilft nix", sagten wir. „Bring's hinter dich. Ist doch egal!" („Meinst du vielleicht, ich will der Esel sein", murmelte Kiki wütend vor sich hin). Aber Richi ließ nicht mit sich reden. „Wir nehmen meinen Teddy als Jesuskind", sagte er. Wir glotzten. Richi und sein Teddy Malchus waren unzertrennlich, aber ein einohriger Bär als Jesuskind? „Und wer bist du", fragte Jara, die Maria. „Ich bin Zorro", sagte Richi.

Eigentlich fanden wir die Idee ja gut, endlich eine Abwechslung. Zum Glück ließ der Pingel sich bei den Proben nicht sehen. Er wollte etwas Feineres zu trinken anbieten als Fliederbeergrog und sammelte Rezepte. Am Ende entschied er sich für ein Getränk, das sich ganz besonders scheußlich anhörte. Cola, ein brauner Kram aus Gingerale und Zitronensaft, das Ganze heiß, sollte sehr gesund sein, wo zu Weihnachten doch die halbe Welt erkältet war. Angeblich ein uraltes Rezept aus Hongkong. Egal. Die Weihnachtsfeier kam, die vierte Klasse sang „Maria durch ein' Dornwald ging", dann waren wir an der Reihe. Der Vorhang ging auf, und alles starrte den armen Malchus an, er hatte wirklich keine Ähnlichkeit mit einem Jesus-kind.

„Was zum Teufel", schrie der Pingel und sprang auf die Bühne, noch mit einem großen Glas Hongkonggrog in der Hand. Das schwappte über, der arme Malchus wurde nass und klebrig. Und da trat Zorro vor, mit Maske, Umhang und weißem Z auf der Brust. Richi sah plötzlich gar nicht mehr klein und blass aus. Er hob den Degen. „Du kleiner Dreck", schrie der Pingel. „Saftsack", sagte Zorro, stach zu, und aller Punsch floss aus dem Pingel heraus. Es war sehr aufregend.

Aber in Wirklichkeit lief das alles ganz anders ab, Richi stach natürlich nicht. Er hob einfach nur den Degen und blickte dem Pingel furchtlos ins Gesicht. Das hatte der wohl noch nie erlebt. Vor lauter Schreck schrumpfte er und schrumpfte und schrumpfte. Am Ende war nur noch eine gelb-braun-gestreifte Groglache übrig.

Die wischte der Esel Kiki auf. Dann führten wir unser Krippenspiel auf, und die ganze Schule meinte, ein so schönes Krippenspiel hätten sie seit Jahren nicht mehr gesehen.

Weihnachtsmann 2.0

Christel Hildebrandt

Das weiß doch jeder: Der Weihnachtsmann wohnt hoch oben im Norden, tief versteckt in den Wäldern. Und er wohnt dort nicht allein, nein, sondern mit seiner Frau und vielen Kindern. Denn es ist ziemlich einsam dort oben. Besonders im Sommer. Gut, zur Arbeit kommen die Wichtel aus ihren Höhlen gekrochen, aber sonst?

Doch keine Sorge, inzwischen ist auch beim Weihnachtsmann die moderne Zeit angekommen, nicht nur mit fließend Wasser und Strom. Endlich müssen keine schweren Eimer mehr geschleppt, kein Schnee im Winter aufgetaut werden. Endlich dient das flackernde Kerzenlicht nur noch für die romantische Stimmung und endlich, endlich gibt es vernünftiges Arbeitslicht.

Auch die Holzarbeiten sind dadurch deutlich einfacher geworden, wie schnell ist nicht ein Schlitten produziert dank moderner Maschinen. Und es gibt auch keine verbrannten Plätzchen mehr dank des modernen Herdes – alle Pfefferkuchenmänner und -frauen rollen dankbar mit ihren Mandelaugen.

Ja, und noch etwas hat sich verändert. Plötzlich ist es nicht mehr der Weihnachtsmann, der allen Wichteln mit Rat und Tat zur Seite steht und aus seinem reichhaltigen Erfahrungsschatz gute Ratschläge verkündet. Nein, jetzt sind es plötzlich seine Kinder, die dank Internet die neuesten Tricks und Kniffe beim Werken kennen und gern zeigen. Auch die Bestellungen kommen nicht mehr mühsam mit erschöpften Rentieren an der Weihnachtsmannhütte an, jetzt genügt ein Klick, und schon kann der Wunschzettel zeitgleich aus dem entlegensten Örtchen in den Norden geschickt werden. Doch, alle sind äußerst zufrieden mit den Errungenschaften der modernen Zeit. Alle, oder trügt der Schein nur?

Sehen wir uns mal die vorwitzige Weihnachtsmanntochter Eline an. Ihr genügt es nicht, die Wunschzettel aus dem Internet auszudrucken, zu sortieren und an die einzelnen Wichtelwerkstätten weiterzugeben. Eline hat in einigen schlaflosen Nächten (die dank der Heizung auch nicht mehr so kalt sind wie früher) noch ganz andere Funktionen im Internet entdeckt. Und jetzt chattet sie voller Eifer mit einem Jungen aus Hamburg, Deutschland. (Dass alle Mitglieder der Weihnachtsmannfamilie natürlich alle Sprachen können, ist doch wohl allgemein bekannt, oder? Wie sollten sie sonst die vielen Wunschzettel aus aller Welt lesen können?)

Michael heißt er, geht noch zur Schule und wird demnächst Abitur machen, und sieht wirklich nicht schlecht aus. Spannende Informationen für Eline, die sie aber sogleich vor ein Problem stellen: Was soll sie von sich erzählen? Sagt sie die Wahrheit, läuft sie sicher Gefahr, ihren Chatpartner zu verlieren, denn er hat betont, dass er sich sehr für die Naturwissenschaften interessiert und mit diesem Gefühlsgedöns nichts am Hut hat. Da hat er garantiert keinen Sinn für eine romantische Werkstatt des Weihnachtsmanns in den finnischen Wäldern.

Na gut, dann ist Eline also ein Mädchen aus Helsinki, zufällig hat sie Deutsch in der Schule als Nebenkurs gewählt, bereitet sich auch gerade aufs Abitur vor und interessiert sich für Flora und Fauna ihres Heimatlandes. So ist immerhin ein Fünkchen Wahrheit in ihrer Selbstdarstellung.

Mikael ist total begeistert von ihr, er will immer mehr von ihr wissen, und natürlich vor allem ein Foto sehen. Ach du mein Schreck. Aber es gibt ja Photoshop, das hat Eline auch schon rausbekommen. Schnell also die rote Zipfelmütze abgenommen, die Zöpfe geöffnet, ein modischer Pullover hineinretuschiert und als Hintergrund nicht die alte Waldhütte, sondern eine offene Seenlandschaft, noch mit einigen seltenen Moos- und Flechtenarten vor ihren Füßen. Zufrieden postet Eline das Bild und bekommt auch gleich ein neues von Mikael zurück. Auf dem Sportplatz, in Fußballkleidung, und mit einem großen Lächeln im Gesicht.

Seufzend klappt Eline für diese Nacht den Laptop zu, so ein hübscher Junge, und so unerreichbar. Da bleibt ihr zunächst einmal nur das Träumen. Aber sie ist fest entschlossen, es nicht dabei zu belassen. Schließlich kann sie nicht ewig in dieser verstaubten Waldhütte versauern und Hamburg? Ja, vielleicht sollte sie mal vorschlagen, einen Stand auf dem Weihnachtsmarkt dort zu organisieren, denn auch der Weihnachtsmann muss ja wohl mit der Zeit gehen. Und wenn sie da zufällig Michael träfe … mit einem verklärten Lächeln und einem tiefen Seufzer schläft Eline ein.

Währenddessen will auch die Frau des Weihnachtsmanns, Greta, einmal diese neue Errungenschaft ausprobieren. Schließlich obliegt es immer noch ihr, sich um die Weihnachtsplätzchen zu kümmern, jeder zaghafte Versuch, einmal über die Geschlechterrollen mit ihrem Gatten zu diskutieren, stellte sich als vergeblich heraus. Nein, was Tradition war und ist, das soll auch weiterhin Tradition bleiben. Na, zumindest dürfen die Töchter ab und zu auch mal in die Holzwerkstatt, aber immer misstrauisch beäugt von dem Herrn Papa.

Greta klappt den Laptop auf, das Passwort hat sie schnell gefunden, so einfallsreich ist der Weihnachtsmann nun auch nicht. Stand es doch dick auf der Schreibunterlage notiert. Lächerlich – „Tannenbaum". So, mal sehen, was es so an neuen Trends bei den Plätzchen gibt. Doch die Ausbeute ist so verwirrend wie enttäuschend. Richtige Knaller sind nicht darunter, entweder es wird auf die ach so schöne Tradition verwiesen, oder die Rezepte sind so kompliziert, dass sie nicht vor dem neuen Jahr damit fertig wäre. Also schaut sie noch mal weiter, unter „Kontakte", aber nur hier in der Gegend, in der Fremde, das wäre ihr zu unheimlich. Und es ist doch gar nicht so schlecht zu wissen, wer denn hier in der Nähe lebt und auch das Internet entdeckt hat. Sieh mal an, da ist ein Per, ein Förster und Jäger, der wohnt gar nicht so weit entfernt. Mmh, er möchte gern Kontakt mit einer „attraktiven, bodenständigen Frau so um die 50 haben, mit der man Pferdestehlen, den Sonnenuntergang betrachten und auch gern mal ins Kino gehen kann. Sie soll den Cocktail im Abendkleid genauso genießen können wie einen Ausflug in den Wald in Jeans und Gummistiefeln. Foto dringend erwünscht".

Klingt ja gar nicht so übel. Und ein bisschen Kontakt nach draußen wäre ja auch nicht so schlecht. Aber Foto? Nein, dann doch lieber eine Frau, mit der sie vielleicht auch Plätzchenrezepte austauschen kann. Da ist tatsächlich eine: „Unternehmungslustige Mittfünfzigerin sucht Sie, mit der sie neue Abenteuer erleben kann, ob in der Küche, in der Natur oder auf der Luftmatratze. Ich bin sportlich und neugierig. Wenn du Lust hast, mit mir die Wälder und versteckte Plätze neu zu entdecken, melde dich." Ja, das wäre doch nett, zusammen vor dem Kamin zu sitzen und zu stricken oder am Herd zu stehen. Nur die Luftmatratze ist da etwas irritierend. Nein, das wird sie sich lieber noch einmal überlegen.

Außerdem muss sie jetzt dringend ins Bett, morgen früh stehen die Pfefferkuchen auf dem Plan.

Als sie sich ins weiche Daunenbett plumpsen lässt, weckt sie dabei ihren Ehemann auf. Der wundert sich, dass seine Greta so spät noch auf ist, aber nun kann er erst einmal nicht wieder einschlafen, warum also nicht diese neue Technik ausprobieren? Nein, nach eingegangenen Wunschzetteln will er jetzt nicht gucken, das hat Zeit bis morgen, aber sich über den neuesten Stand auf dem Markt der Schlitten und der Rentierzucht zu erkundigen, das müsste doch möglich sein … Seine Tiere sind schon ziemlich betagt, Rudolf hat mal wieder einen Schnupfen und überhaupt, ist das noch ökologisch? Wie viel CO_2 stoßen die Tiere eigentlich so

aus? Es sollte doch inzwischen auch umwelt-
freundlichere Alternativen geben.

Als am nächsten Morgen der älteste
Sohn Birger nach dem gemeinsamen Frühstück den Laptop öffnet, wundert er sich
darüber, wie viele Programme da geöffnet
wurden. Chats, Kontakte, Sonderangebote
bei eBay und noch einiges mehr. Aber als er
in die Runde schaut, blickt er nur in aus-
druckslose Gesichter, nein, beteuert seine
Mutter mit leicht gerötetem Gesicht, sie wis-
se doch gar nicht, wie das funktioniere, aber
vielleicht könne er ihr mal zeigen, wie man
diese merkwürdigen Programme denn wieder schließt …

Rucke di gu

Hör zu rucke di gu
mein Täubchen
mein Feines
das Blut im Schuh
längst trank
ich es aus

nun schick mir den Bär`n
ich zaust` ihm gern
mit meiner Liebe das Fell

die Honigmilch
gib mir dazu
die trink ich auch
aus dem Schuh
rucke die gu
mein Täubchen
mein Feines.

Marion Hinz
Aus: „Leicht ist mein Herz", Husum Verlag

Der Lange Schlaf

Ulrich Joosten

Roter Ranunkel runzelte die Stirn und fragte sich zum hunderttausendsten Mal, wie seine Artgenossen so dämlich hatten sein können. Die Katastrophe, das große Kölner Erbsendesaster, von manchen Chronisten auch das Staatsrockmassaker genannt, hatte sich vor gut 250 Jahren ereignet. Und seitdem war es vorbei mit der glorreichen Heinzelzeit.

Natürlich, das Grundproblem lag in der krankhaften Gefallsucht seiner Leute, die sie dazu getrieben hatte, sich bei den Anderen einzuschleimen und ihnen unangenehme, beschwerliche Arbeiten abzunehmen. Heimlich, still und leise. Dabei schnell, effizient und immer perfekt in der Ausführung. Und das für ein Schüsselchen Milch oder gelegentlich ein Stückchen Streuselkuchen, von den Menschen abends in einer Zimmerecke zum Lohn bereitgestellt.

Jahrelang, ach was, jahrhundertelang war das gutgegangen. Seine Leute hatten dem Zimmermann gedient, dem Bäckermeister, dem Fleischer und dem Schankwirt. Doch dann hatte der Job beim Schneider zum Heinzozit geführt. Und das nur, weil die dumme Kuh von Schneidergattin ihre Nase überall hineinsteckte. Sie brannte dar-

141

auf, herauszubekommen, wer in der Nacht an Stelle ihres Gatten den beauftragten neuen Staatsrock des Bürgermeisters geschnitten und gerückt, genäht und gestickt, gefasst und gepasst und gestrichen und gezupft und gerupft, mit anderen Worten: perfekt geschneidert hatte. Also hatte sie einen Sack getrockneter Erbsen auf die Stufen zur Werkstatt unter dem Dach gestreut.

Es kam, wie es kommen musste: Besoffen vom Glücksgefühl, dem Schneidermeister vorzüglich gedient zu haben, tanzten die Wichtel nach getaner Arbeit wie blöde die Treppe hinunter. Und so kam es zu jenem schwärzesten Moment in der jüngeren Wichtelgeschichte. Nahezu die gesamte Kölner Heinzelpopulation glitt auf den Hülsenfrüchten aus und brach sich die kleinen Beinchen, Ärmchen, oder gar Heinzelgenicke. Ein einziger Sack Erbsen hatte fast den kompletten deutschen Stamm der Dienstwichtel ausgerottet. Und das war's dann mit den Heinzelmännchen zu Köln.

Die unglücklichen Erbsenopfer, die nicht überlebten, lösten sich mit einem leisen *Plopp* in Luft auf und diffundierten in den sagenumwobenen Heinzelhimmel. Die wenigen Überlebenden flohen in die Katakomben der nahegelegenen Kathedrale oder wanderten gleich in wichtelfreundlichere Lande aus.

Bis auf Roter Ranunkel. Er hatte das Erbsendesaster nicht direkt miterlebt, weil er ein Gartenheinzel war, der sich hingebungsvoll um die Beete und Grünflächen der Anderen gekümmert hatte, während seine Brüder sich in den Handwerkerstuben abrackerten. Sein Name leitete sich von seiner Lieblingsblume ab, der seine Mütze in Form und Farbe glich.

Es war eisig kalt in seinem Unterschlupf. Roter Ranunkel hatte eine Heimstatt in einem Erdloch unter dem Wurzelwerk einer jahrhundertealten Eiche gefunden, die in einem winzigen Park im Severinsviertel stand. Er drehte sich unter dem Lumpenfetzen, der ihm als Bettdecke auf seiner Strohmatratze diente, auf die andere Seite. Prompt ereilte ihn ein lang anhaltender, dröhnender Furz aus dem Nachbarlager, in dem sein haariger, auch ohne Darmwindabsonderung übelriechender Baumhöhlenmitbewohner mal wieder einen Rausch ausschlief.

Er stammte aus dem Land der Kaledonier und gehörte dem Wichtelstamm der Brownies an. Vor vielen Jahrzehnten war er sozusagen am Rhein gestrandet. Seine Anderen, eine Familie stolzer Jakobiten, war nach einem Gemetzel zwischen Schotten und Engländern ausgewandert. Ihr Hab und Gut inklusive des unsichtbaren Hausbrownies namens Bottoms Up führten sie auf einem Pferdewagen mit sich.

Auf dem Weg in den Süden hatten sie in der Stadt am Rhein eine Zwischenstation eingelegt. Seit seiner Ankunft war ihr Brownie unglücklich darüber, dass seine Anderenfamilie, nach der Vertreibung aus dem Hochland, ausgerechnet ins Land der Germanen emigrierte. Nicht ins Reich der Franzosen, in die Normandie, die Bretagne oder gar in die Neue Welt.

Sie waren zur Übernachtung ins Wirtshaus *Zom Goldene Kappes* eingekehrt, und schon überkam Bottoms Up das dringende Bedürfnis, sich nützlich zu machen. Er hatte in der Spülküche die Schnapsgläser gereinigt, indem er sie fein säuberlich ausleckte. Jeweils nur kleine Tröpfchen der Neige, aber auf die Menge von gut 145 Gläsern gesehen ... Er erwachte am nächsten Morgen mit einem Riesenkater und stellte fest, dass seine Anderenfamilie längst ihren Pferdewagen bepackt hatte und weitergereist war. Natürlich ohne zu bemerken, dass ihr unsichtbarer Reisebegleiter nicht mit an Bord war.

In seiner Verzweiflung stürzte sich Bottoms Up erneut in die Arbeit und „spülte" weitere 180 Schnapspinnchen. Er irrte durch die Gassen und Straßen des Stadtteils Nippes, orientierungslos, depressiv und verzweifelt, der Sprache seiner Umgebung nicht mächtig. Vollkommen betrunken schlief er seinen Rausch auf der Kellertreppe des Wirtshauses aus, wo er von Roter Ranunkel aufgelesen wurde.

Der Kölner Heinzel hatte den kaledonischen Brownie in sein Versteck mitgenommen und ihm im Laufe der Jahre seine Sprache beigebracht. Aber als Allererstes hatte er seinen Artgenossen mit dem unaussprechlichen Namen umgetauft auf Hochdietassen. Das klang griffiger und kam dem teutonischen Heinzelmann wesentlich besser über die Zunge.

Die Lage der überlebenden Wichtel wurde im Laufe der Zeit prekärer. Immer weniger Andere waren geneigt, an Heinzelmännchen oder Geisterwesen zu glauben. Roter Ranunkel und sein neuer Kumpan überlebten im Wichteluntergrund zwei Weltkriege, die Cholera und die Spanische Grippe, die sich als nur halb so furchtbar herausstellte wie vor Jahrhunderten die Schwarze Pest. Sie überstanden den Untergang von Staatsformen, den Wechsel vom Kaisertum zur Herrschaft des Volkes ebenso wie die verschiedensten Modetorheiten. Sie hatten sich immer im Hintergrund gehalten, für die Augen der Anderen unsichtbar, und manchmal ganze Jahre einfach verschlafen.

„Verdammt! Wie spät ist es? Ob er schon da ist?" Hochdietassen ließ einen sonoren Rülpser aus den Tiefen seiner Eingeweide hinaufrollen und kratzte sich genüsslich in den Achselhöhlen.

„Wer soll da sein?", fragte Roter Ranunkel.

Der Brownie kicherte: „Na, der Tölpel von einem Troubadour, dem ich einen Langen Schlaf angehext habe."

Der Lange Schlaf – das war eine Wichtelmarotte. Sie liebten es, einen der Anderen zu umgarnen und zu einem Wichtel- und Elfenfest einzuladen. Nach einem wüsten Tanz- und Saufgelage am Feuer auf einer Waldlichtung tanzten sie mit ihrem Opfer so lange, bis es in einen tiefen Schlaf sank, aus dem es erst Wochen, Monate, oder gar Jahrzehnte später erwachte.

„Wann soll denn das gewesen sein?", fragte Ranunkel. „In den letzten zweihundertfünfzig Jahren jedenfalls nicht, das hätte ich ja mitbekommen."

Hochdietassen richtete seinen Kilt, rieb mit dem Zeigefinger unter seiner Nase und bohrte sich anschließend damit nachdenklich im rechten Ohr.

„Hmmm, lass mal überlegen ... Das ist laaange her. Damals war *Uilliam mac Eanric* König und ich Hauswichtel in Stirling Castle,"

„Wie hieß der?", unterbrach Ranunkel ihn mürrisch. „Diese Sprache klingt wie eine Halskrankheit, und ..."

„Schon gut, schon gut. Wilhelm hieß er. Und er wurde der Löwe genannt, weil er so ein Viech auf seinem Banner hatte", entgegnete Hochdietassen.

„Komm zur Sache", raunzte Ranunkel. „Was ist jetzt mit deinem Langen Schläfer?"

„Jedenfalls", fuhr der Brownie unbeirrt fort, „jedenfalls hatte der einen Troubadour. Sozusagen einen Hofberichtssänger. Der musste immer von Willys Heldentaten singen. Über die Allianz, die er ausgehandelt hatte zwischen Schottland, Frankreich und Norwegen, oder über seine Klopperei mit den Engländern, als sie gegen Heinrich II. ins Feld zogen ..."

„Ja und? Spuck's schon aus. Was war mit diesem Sänger?" Ranunkel wurde ungeduldig.

„Jaaa, also ...", Hochdietassen genoss es, ihn auf die Folter zu spannen und dehnte seine Erzählung genüsslich in die Länge. „Jedenfalls spielte der Troubadour Crwth und ..."

„Kkrrufft?", unterbrach Ranunkel gereizt. „Hast du Halsweh? Hast du dich verschluckt? Soll ich dir auf den Rücken klopfen?"

„Die Crwth ist ein Musikinstrument; kennt man auch als Crotta", erklärte Hochdietassen. „Das ist so ein Kasten mit einem Griffbrett und einem Rahmen zum Festhalten. Man kann's zupfen oder fiedeln. Jedenfalls hatte der Troubadour so ein Instrument und außerdem eine Handtrommel, eine Harfe und einen Dudelsack. Und richtig gut sin-

147

gen konnte der. Und deshalb haben wir ihn zu einem Elfentanz zur Beltane-Feier eingeladen. Du weißt ja, dass uns die Anderen nur an diesem Tag sehen können – hierzulande heißt das ..."

„Ja, ich weiß," schnitt Roter Ranunkel ihm das Wort ab, „bei uns heißt das Walpurgisnacht, Hexensabbat. Oder einfach nur Tanz in den Mai ..."

„Es ging jedenfalls richtig hoch her", nahm Hochdietassen seinen Bericht wieder auf. „Elfen und Brownies, Kelpies, Selpies und jede Menge anderes Gelichter hatten ein riesiges Feuer entfacht. Sie tanzten drumherum und sprangen im hohen Bogen darüber. Einige der Elfen machten sich einen Spaß daraus, uns Brownies am Kapuzenumhang zu packen und übers Feuer zu werfen. Obwohl es verpönt ist, Wichtel zu werfen."

„Kommst du jetzt endlich mal zur Sache?" Roter Ranunkel wurde langsam fuchtig. „Was war mit dem Troubadour? Wie hieß der überhaupt?"

„Sein Name war Llewellyn Mac Domhnaill", sagte Hochdietassen, „und er war einfach der Beste. Er schlug die Trommel so wild und virtuos, dass niemand die Füße stillhalten konnte. Selbst einer der Kelpies tänzelte auf allen vier Hufen mit ... Und wenn er die Crwth oder die Harfe zupfte und dazu Balladen sang, rührte er die Elfen mit seiner Stimme zu Tränen. Er sang und spielte die ganze Nacht, während die Flammen in den schwarzen Nachthimmel loderten, Funken und Asche aufstoben und die Elfen und Brownies im fahlen Mondlicht ihr Fest feierten. Der Fürst der Elfen fragte Llewellyn, was er als Lohn für seine Musik begehre. ‚Ich möchte gern‘, sagte Mac Domhnaill, ‚ich möchte gern die Zukunft sehen, und was sie mir bringt. Ich möchte wissen, ob ich ein berühmter und geachteter Troubadour sein werde‘.“

Hochdietassen legte eine Kunstpause ein. Roter Ranunkel hob den Kopf und zog erwartungsvoll die rechte Augenbraue hoch.

„Der Elfenfürst bedeutete mir mit einem Wink, ich solle das übernehmen. Ja, und dann habe ich's verbockt“, kicherte der Brownie. „Ich habe Llewellyn in den Langen Schlaf versetzt. Das war damals, anno Domini zwölfhundertneun, und ich dachte mir, lässt du ihn einfach mal zehn Jährchen in der Zwischenwelt schlafen, dann kann er, wenn er wieder aufwacht, mit eigenen Augen die Zukunft erblicken. Aber ich hatte vorher ordentlich *uisge beatha* gebechert, also Lebenswasser, und als ich den magischen Spruch aufsagte, habe ich mich versprochen und als Endzeitpunkt des Langen Schlafes versehentlich nicht zwölfhundertneunzehn, sondern zweitausendneunzehn festgelegt. Und als mir das aufgefallen ist, war es zu spät: Der Sänger war in der Zwischenwelt, und du weißt selbst, dass man einen Langen Schlaf nicht rückgängig machen kann."

Roter Ranunkel nickte grimmig: „Ich verstehe. Und heute ist der erste Mai zweitausendneunzehn, und der Troubadour wird erwachen. Und wie es die Regeln des Langen Schlafs besagen, erwacht der Schläfer in der Nähe desjenigen, der ihn in diesen Schlaf versetzt hat."

„Genau", sagte Hochdietassen. „Die Frage ist nur: Was machen wir mit ihm?"

„Hm!" Roter Ranunkel kratzte nachdenklich seinen Backenbart. „Gute Frage, nächste Frage ... was kann man ... ach, ich weiß ... nein, doch nicht. Lass uns erst mal nach was Essbarem suchen, vielleicht fällt uns dann etwas ein."

Die beiden Wichtel schlüpften aus dem Erdloch unter den Baumwurzeln und drehten eine Runde durch das Severinsviertel, immer darauf bedacht, den Anderen auszuweichen, für die die Heinzel unsichtbar waren. Ranunkels Blick fiel auf ein Plakat an einem Bauzaun: *MITTELALTERLICH SPECTAKULUM* stand dort in großen, verschnörkelten Lettern. Darunter hieß es: *Ritter, Recken und Turniere – Schwertkämpfer und Feuerspucker – Hofnarren, Troubadoure und Spielleut. Zur Meyenzit am Chokoladenmuseum. Ritter und Edelleute Zutritt 5 Euronen, Weyber und andere Leibeygene haben freyen Zugang!*

„Das isses!", rief Roter Ranunkel. „Auf dem Markt fällt dein Minnesänger gar nicht weiter auf! Komm, lass uns hinter dem Museum am Rheinufer auf ihn warten."

Hochdietassen grunzte zustimmend und zog seinen Kopf aus der Öffnung eines Abfalleimers, den er soeben nach etwas Essbarem inspiziert hatte. Triumphierend reckte er ein halb aufgegessenes Brötchen in die Höhe. Es war mit einem grauen Frikadellenfladen und einem rostigen Stück Salat belegt. Genüsslich biss er hinein und hielt Ranunkel den Rest hin: „Magst du mal abbeißen? Soll bloß jemand sagen, ein kaledonischer Brownie sei geizig ..."

Vor dem Schokoladenmuseum herrschte Hochbetrieb. Auf dem Vorplatz drängten sich mit bunten Tüchern behängte Zelte und Stände. Mit vielfältigen Ornamenten und Wappen verzierte Fahnen und Banner wehten an allen Ecken. Exotisch gekleidete Händler boten ihre Waren feil: Kräuter, Keramik, Lederwaren, Schmuck, mundgeblasene Glasperlen, Edelstahltöpfe, Trinkhörner, Specksteinskulpturen, Felle und angeblich mittelalterliche Gewänder. Für die Kinder gab es niedliche Ritterhelme und Schwerter aus Plastik, hölzerne Flitzebögen, Steinschleudern aus Astgabeln, Glasmurmeln und dergleichen mehr.

Roter Ranunkel und Hochdietassen hatten Mühe, sich durch die Besuchermassen zu lavieren, ohne dass einer der Anderen versehentlich auf sie trat. Als sie neben dem runden Museumsbau am Rhein angekommen waren, setzte allmählich die Dämmerung ein. Die Sonne schickte letzte Schatten in Richtung Fluss, ehe sie hinter einer Reihe von Stadthäusern verschwunden war. Die beiden Wichtel, ein Heinzel aus Köln und ein Brownie aus Stirling in Kaledonien, standen einsam und allein am Strom und musterten erwartungsvoll ihre Umgebung. Roter Ranunkel bemerkte die Veränderung als Erster. Er hob den Kopf und schnupperte in die Abendluft hinein. Es roch metallisch, elektrisch aufgeladen und brenzlig.

„Merkst du, was ich merke?", flüsterte er Hochdietassen zu.

„Ja", entgegneter dieser, witterte ebenfalls und meinte: „Es riecht förmlich nach Magie. Eigentlich müsste er jetzt jeden Moment ..."

Plof!

Aus dem Nichts heraus entstand ein kleines, sich schnell vergrößerndes Rauchwölkchen. Eine Gestalt materialisierte, erst verschwommen und von kreisenden Rauchschwaden umgeben, dann zunehmend schärfer werdend. Es roch schwefelig. Schließlich verzog sich der Rauch und vor ihnen stand in voller Pracht und Größe ein Mann mittleren Alters. *Nun ja, Pracht und Größe sind relativ*, dachte Roter Ranunkel.

Ja, für einen Heinzel war der Bursche ein Riese, nach heutigen Verhältnissen der Anderen aber eher ein abgebrochener, denn mehr als anderthalb Meter maß er nicht, wenn überhaupt. *Früher waren die Menschen eben kleiner*, sagte der Heinzel sich. Und Pracht? Nun, sein rotes Haar und sein Vollbart waren verfilzt und dreckstarrend, seine Beinlinge und die lehmverschmierten, aus Lumpen um die Füße gewickelten Schuhe nicht minder. Sein Wams bestand aus einem undefinierbaren Stoff, dessen Farbe vage an ein kotzefarbenes Rotbraun erinnerte. Der Mann stank erbärmlich, schlimmer als eine ganze Herde von Ziegenböcken. *Gut*, ermahnte sich Roter Ranunkel, *bleib mal fair, der Bursche hat über 800 Jahre geschlafen, wie hätte er da Körperpflege betreiben können?*

Der Mann hatte sich eine alte, wurmstichige Harfe auf den Rücken geschnallt und ein kastenförmiges Saiteninstrument. Unter seinen Armen trug er einen Dudelsack mit einer Spielpfeife und ohne Bordunrohre sowie eine Rahmentrommel. Es war nach Sonnenuntergang am Walpurgisabend. Die Nacht der Magie brach an, und Roter Ranunkel und Hochdietassen waren für die Anderen nicht länger unsichtbar.

Der Troubadour tat zwei unsichere Schritte, knickte beinahe in den Knien ein und strauchelte auf die Wichtel zu. Ein unüberhörbares, lautes Knurren ertönte aus seinen Eingeweiden. Die Heinzel fingen ihn auf und halfen ihm, sich auf einer Bank niederzulassen.

Dann redete der Fremde. Zumindest vermutete Roter Ranunkel, dass die gutturalen Geräusche, die aus seinem Mund kamen, Sprache sei. Verstehen konnte er ihn nicht. Hochdietassen hatte dagegen offenbar keine Probleme.

„Er fragt, wo er ist und warum er solche Kopfschmerzen hat und wie lange er geschlafen hat", sagte der Brownie. „Und dass er so hungrig ist, dass er ein ganzes *Bò Gàidhealach* fressen könnte".

„Ein was?", Ranunkels Augen waren reine Fragezeichen.

„Na ein Rind, du Ochse! Ein Hochlandrind eben. Sehr schmackhaft, besonders in einer leckeren Whiskysauce zubereitet ..." Hochdietassen schmatzte und bekam einen träumerischen Gesichtsausdruck. Er riss sich zusammen, wendete sich wieder dem Langschläfer zu und sprach ihn auf gälisch an: „Willkommen in Colonia, Llewellyn Mac Domhnaill. Du wolltest die Zukunft sehen, und hier ist sie. Du hast 810 Jahre geschlafen, jetzt schau dich um, wie die Welt um dich herum nun aussieht!"

Der Barde schaute ihn verständnislos und fragend an. Seine Augen folgten dem Arm des Wichtels. Der deutete erst auf die moderne, gläserne Fassade des riesigen Museumsgebäudes, dann auf die gigantischen Kranhäuser am Hafen und schwenkte über die alten Häuser am Rheinufer, über Ausflugs- und Lastenschiffe auf dem großen Strom bis hin zu der altehrwürdigen Kathedrale.

„Das kann nur ein furchtbarer Traum sein", sagte Llewellyn fassungslos. „Ist das die Hölle, oder bin ich im Himmel?" Hochdietassen hatte ordentlich damit zu tun, zwischen Roter Ranunkel und dem Kaledonier hin- und her zu übersetzen.

„Na, jedenfalls bist du erst mal hier", stellte der Heinzel fest, „und ob das der Himmel oder die Hölle ist, das wird sich zeigen. Die Kölner meinen, es sei der Himmel, und die Hölle liege in einer Stadt 50 Kilometer weiter den Fluss hinunter. Wobei die Leute dort natürlich genau gegenteiliger Meinung sind. Aber jetzt besorgen wir dir erst mal etwas zu essen."

Fünf Minuten später standen zwei Kleinwüchsige mit einem nach Ziegenbock stinkenden Kaledonier an einer mittelalterlich verkleideten Fressbude. Und Llewellyn fraß (verzehren konnte man es beim besten Willen nicht nennen) zunächst etwas, das sich *Hämmchen* nannte. Dazu gab es Sauerkraut, Röggelchen, Bratwürste, goldgelbe Kartoffelstäbchen, drei *Rievkooche* genannte Fladen und eine gelbe Metplörre, die stilecht

155

in Papptrinkhörnern gereicht wurde. Llewelyn hätte vermutlich endlos weiter gefressen und gesoffen, aber Roter Ranunkel und Hochdietassen bremsten ihn. Man wusste ja nicht, wie sich 800 Jahre Fasten auf den Verdauungsmechanismus auswirkten.

Eine Gruppe bunt kostümierter Spielleute näherte sich der Fressbude. Einer trug einen brachial aussehenden Dudelsack unter dem Arm. „Ihro hochwohlgeborenen Eldemänner und Weyber", deklamierte er pathetisch, „nun will ich zu Ihro Entzücken und zur Freude eyn lustig' mittelalterlich' welsch' Täntzlein auf meinem Marktschweyn gar lieblich intonieren!" Sprach's, klopfte auf den Luftsack seines Instrumentes, und es ertönte ein ohrenbetäubender Radau aus der riesigen Sackpfeife.

Llewellyn schrak zusammen, wobei er sich an einem großen Zug der dünnen Metplörre verschluckte. Er ließ das Glas fallen, würgte und presste seine Hände auf die Ohren. „Aufhören!", schrie er in seiner Sprache, „Aufhören, bitte bitte, aufhören. Das ist Folter!"

Der Musikant hielt inne und brach sein Dudelsackspiel ab und fragte, diesmal nicht mittelalterlich, sondern eindeutig rheinisch dialektgefärbt: „Ey, Alter, häs du e Problem oder wat?" Llewellyn sah ihn verständnislos an. Hochdietassen ging dazwischen und mühte sich, zu vermitteln: „Entschuldigen Sie meinen Freund. Er spricht Ihre Sprache nicht, und er hat über empfindliche Trommelfelle. Bitte vergeben Sie ihm."

„Wat wills du dann, Zwerg?", kam es prompt zurück. „Der hat doch selbst ene Dudelsack, wenn auch ohne Bordunpfeifen. Und sein Kostüm is eins A, obwohl ...", er schnupperte an dem Troubadour, „... dat könnte durchaus mal ne Haushaltspackung Persil vertragen. Komm Jung, lass ens wat auf deinem Sack hören!"

Auf Llewellyns fragenden Gesichtsausdruck hin deutete der Musikant auf die Sackpfeife des Kaledoniers. Er wedelte aufmunternd mit den Fingern, das Spiel des Instrumentes andeutend.

Zögernd nahm der Troubadour seinen Dudelsack unter den Arm. Er pustete den Luftsack auf, drückte darauf und spielte eine bezaubernde, traurige und doch süße Melodie, die auf magische Weise die Umgebungsgeräusche zurückdrängte und die Zuhörer in ihren Bann zog. Die Zeit schien stillzustehen, und als Llewellyn mit einem langen, ersterbenden Ton sein Instrument ausklingen ließ, konnte man auf dem Mittelaltermarkt vor dem Schokoladenmuseum eine Stecknadel fallen hören.

Ein nicht enden wollender Applaus erklang.

„Fantastisch!", rief der Kölner Dudelsackspieler. „Einfach klasse! Wat kannste denn noch? Zeig' mal deine anderen Instrumente!"

Llewellyn begriff auch, ohne ihn zu verstehen, was der Musiker von ihm wollte. Er stimmte die Harfe, ließ ein glockenhell perlendes Präludium erklingen und erhob seine volltönende Stimme zu einem *Lament* auf seine verlorene Heimat, auf seine verlorene Jugend und auf seine verlorene Liebste. Niemand verstand ein Wort seines gälischen Gesangs. Doch dessen bedurfte es nicht, denn jeder erspürte seine Emotion darin.

Mehr und mehr Zuhörer wurden auf den absonderlichen Spielmann aufmerksam. Nach dem Lied zogen die Musikanten ihn auf die Bühne des Mittelaltermarktes. Roter Ranunkel und Hochdietassen folgten der Menge, wobei sie Mühe hatten, nicht buchstäblich unters Fußvolk zu geraten.

Es wurde eine denkwürdige Nacht. Die Musiker pappten Llewellyn einen Tonabnehmer auf die Decke seiner Crwth und stellten ihm ein Mikrofon vor die Nase. Der Troubadour sang Lied um Lied, spielte auf dem Dudelsack und der Harfe eine Melodie nach der anderen und bezauberte das Publikum. Höhepunkt war ein lang anhaltendes Solo auf der Rahmentrommel. Die vertrackten, wechselnden Rhythmen fuhren den Zuhörern unweigerlich in die Füße. Immer mehr Musiker gesellten sich mit ihren Instrumenten zu Llewellyn auf die Bühne. Zöger-

158

lich zunächst, doch dann entspann sich eine Session, wie man sie nie auf einem Mittelaltermarkt und auch auf sonst keinem Podium erlebt hatte. Die beiden Wichtel lauschten dem Konzert andächtig und mit Begeisterung.

„Mensch, nä! Der Bursche hat wirklich was auf dem Kasten!", nickte Roter Ranunkel anerkennend. „Mit etwas Glück kann der eine Riesenkarriere im Showgeschäft machen, zumindest, wenn er etwas weniger stinkt. Ist der gut!"

Hochdietassen nickte zustimmend: „Na klar, sonst hätten wir ihn ja nicht zum Beltanefest eingeladen." Der Brownie hielt inne, denn ein Glockenschlag ertönte von der Kathedrale. Zwölfmal erklangen die Glocken der Kölner Kirchen. Ein neuer Tag erwachte.

Fassungslos beobachteten die beiden Wichtel, wie Llewellyn Mac Domhnaill auf der Bühne erstarrte. Mit dem ersten Glockenton, zunächst kaum wahrnehmbar, dann deutlicher sichtbar und unaufhaltsam, zerbröselte er mit jedem weiteren Schlag mehr und mehr in Myriaden winzig kleine Aschepartikel. Sie wirbelten um den Spielmann herum, lösten ihn in einen dunklen Schemen und dann vollends auf und wurden vom Wind mit irisierenden Lichtreflexen in die Flammen des naheliegenden Maifeuers geweht.

Roter Ranunkel war wie vor den Kopf geschlagen. „Oh Mann", sagte er. „Damit hätten wir rechnen müssen. Eigentlich war der Bursche ja schon an die 800 Jahre tot und wurde nur vom Zauber der Walpurgisnacht am Leben gehalten. Und nun bricht ein neuer Tag an und die Magie, die ihn am Leben gehalten hat, ist zu Ende. Wie schade, wie jammerschade. Er hätte die Sensation auf deutschen Bühnen werden können und jetzt ist er – in den Wind geblasen. Aber immerhin hat sich sein Wunsch erfüllt: er hat seine Zukunft gesehen. Friede seiner Asche."

„Oh Mann," echote Hochdietassen. „Dieses verfluchte *uisge beatha.* Ich hab' doch gesagt: Ich hab's verbockt. Und zwar *richtig* verbockt!"

Stillleben

Margaret Kirk

Er ist fast schon zu Hause, als er sie findet. Ein dunkler Fleck vor dem Horizont, mehr erkennt er zuerst nicht … ein Seehund, denkt er, sonnt sich am Strand, während der Rest seiner Meute in der Nähe herumplanscht. Gutes Material für Tourismusbroschüren, etwas, das ihm über die mageren Zeiten hinweghelfen kann, bis die Galerie wieder öffnet. Er geht weiter, will sich die Sache näher ansehen, zieht sein Telefon hervor, um ein paar Schnappschüsse zu machen, die er später bearbeiten kann. Und gerade kommt ihm das Gefühl, dass ihm alles durch die Finger rinnt, als ihm aufgeht, was er da sieht.

Die Frau liegt am Strand. Nicht zwischen den Dünen oder versteckt im Strandhafer – da liegt sie, offen den Blicken ausgesetzt, bewegungslos, Arme und Beine ausgestreckt, auf dem Felsen, den die Einheimischen Peedie Selkie nennen.

Säure steigt auf, ätzt seine Kehle. Die vertraute Übelkeit, die sich in seinem Gedärm zusammenbraut, und das Wissen, das damit einhergeht: *Regel Nummer eins: Misch dich nicht ein.* Aber wenn sie verletzt ist? Oder krank?

Er läuft die Dünen hinunter, seine Füße vollführen einen irren, unkoordinierten Sandsurf. Als er schneller als erwartet beim Ebbestreifen ankommt und in einem Seetangklumpen ausrutscht, landet er auf den Knien unten vor dem Felsen. Schon ist das Bild versaut, denkt er. Aber es gibt doch noch eine Chance … er beugt sich über sie, mustert sie. Keine, die ihm bekannt wäre. Touristin? Jung, vielleicht Mitte zwanzig … und am Leben. Gott sei Dank.

Ihre Augen sind geschlossen, eine Schramme an ihrer Schläfe blutet heftiger, als ihm lieb ist, aber der Pulsschlag an ihrem Hals wirkt beruhigend stabil. Sie trägt nur ein ärmelloses Hemd und Shorts. Wenn sie Körperwärme verliert, muss er schnell handeln.

Er streckt die Hand nach ihr aus, und sie reißt die Augen auf. Er kann für einen Moment registrieren, wie verwirrend blau die sind, dann wirft ihn ein Schlag in den Solarplexus um.

„Was zum Teufel?" Sie springt vom Felsen und starrt ihn wütend an. „Wie lange sind Sie schon hier?"

Amerikanerin, ihr Akzent vermischt sich mit etwas anderem, aber das kann er nicht richtig unterbringen. Atemlos hebt er die Hand und kommt mühsam auf die Knie.

„Ich … es ist nicht, was Sie denken. Ich habe Sie von der Straße aus gesehen, und

Sie sahen aus, als brauchten Sie Hilfe." Er schaut aus zusammengekniffenen Augen zu ihr hoch. „Was ist mit Ihrem Kopf passiert?"

„Hä?" Sie hebt die Hand an die Schläfe. „Ach, ich hatte ein Rad gemietet und bin von dem verdammten Dings gestürzt. Es müsste da drüben liegen."

„Und da wollten Sie mitten im Nirgendwo ein Nickerchen machen? Haben Sie nie das Wort Gehirnerschütterung gehört?"

Sie zuckt mit den Schultern. „Mein Kopf kann schon einiges vertragen. Aber ja, eine besonders gute Idee war das nicht, also danke, dass Sie nachgesehen haben." Ihr Gesicht entspannt sich zu einem Lächeln. „Ich bin übrigens Janis. Janis Connolly."

„Jack." Er hält Ausschau nach ihrem Fahrrad, entdeckt es in einiger Entfernung. „Sie sollten hier vorsichtig sein, wissen Sie. Die Gezeiten …" Ihm kommt ein Gedanke. „Sie sind doch nicht für länger auf der Insel?"

Sie zieht ein Sweatshirt aus ihrem Rucksack. „Nein, ich … Scheiße, die Fähre! Hab ich die verpasst?"

Er schaut auf die Uhr. Zwanzig Minuten, dann legt die Earl Thorfinn auf dem Weg von Eda hier an. Fünf Minuten danach fährt sie zurück nach Kirkwall. Eine gute Radfahrerin müsste das schaffen können. Und sie sieht ja fit aus – lange, geschmeidige Glieder, gebräunte, schlanke Arme. *Also mach, dass du wegkommst, Jack. Das hier ist eine andere Welt. Eine andere Zeit.*

Er schaut zum dunkler werdenden Himmel hoch. Eine gute Radfahrerin könnte es schaffen. Vielleicht. Aber keine mit Verdacht auf Gehirnerschütterung, gekleidet für einen Sommer in Südkalifornien und nicht für einen auf Orkney. „Ich kann Sie fahren", bietet er an. „Kommen Sie mit zu meinem Haus, dann bring ich Sie."

Zögern. „Was ist mit dem Rad?"

„Das passt hinten rein. Und wenn Sie dann auf der Fähre sind, kann ich ein gutes Gewissen haben. Was Ihre Gehirnerschütterung angeht."

„Und wenn ich keine habe?"

„Dann schulden Sie mir einen Gefallen, abgemacht?"

Sie ist Studentin, erzählt sie ihm, als sie an Halsta vorbei über die Straße nach Marwick Sands gehen – hat ein Examen von der UCLA, macht in Edinburgh einen Master in Literaturwissenschaft. Älter, als er gedacht hatte, aber nicht viel. Und so licht, so strahlend schön vor dem bedeckten Aprilhimmel … er schüttelt den Kopf, verdrängt den Gedanken, ehe der Wurzel schlagen kann. *Eine andere Welt, Jack. Eine, in die kein Weg zurückführt.*

Er erreicht den Anleger fünf Minuten vor Abgang der Fähre. Der Himmel ist jetzt dunkler, die ersten Regentropfen platzen auf dem Asphalt, als er das Rad aus dem Auto hebt. „Wohin jetzt – zurück nach Edinburgh?"

„Ich würde gern hier noch ein paar Dinge erledigen."

Als die Fähre anlegt, streckt sie die Hand aus. „Noch einmal danke. Ich sollte dann wohl …"

„Ja, natürlich." Er möchte ihr die Hand schütteln, das merkt er jetzt. Naja, warum auch nicht? Ein kurzes Streifen von Fleisch, ihre Finger kühl an seinen ... und ein unerwartetes heißes Zittern, als Haut auf Haut trifft.

Sie dreht sich um, um zur Fähre zu gehen. Und dreht sich abermals um, und ihre Wangen sind plötzlich rot. „Hör mal, ich …" Sie kritzelt etwas auf einen Zettel und hält ihm den hin. „Ich bin bis Ende der Woche hier, falls du Lust auf einen Kaffee in Kirkwall hast oder so."

Er schaut die Telefonnummer an, die sie für ihn aufgeschrieben hat. „Ich komme nicht oft von der Insel runter. Aber falls du noch mal hier bist …" Das Lächeln fühlt sich in seinem Gesicht seltsam an, aber sie scheint das nicht zu bemerken.

„Und du solltest diese Schramme nachsehen lassen. So eine Gehirnerschütterung lässt nicht mit sich spaßen, Ms Connolly.“

Sie salutiert scherzhaft. „Yessir, Mr Hunter. Aber wie gesagt, mein Kopf kann eine Menge vertragen.“

Weiß sie überhaupt, was sie da gerade gesagt hat? Er passt sein Lächeln ihrem an, hält es fest, bis sie nicht mehr zu sehen ist. Und schaut der Fähre hinterher, als sie um die Landspitze biegt, wartet im Regen, bis sie nur noch ein bleicher Fleck ist, der mit dem grauen Horizont verschwimmt.

Ja, denkt er, er wird sie anrufen – ihre achtlosen letzten Worte lassen ihm keine Wahl. Lassen nicht zu, dass er bedauert, was möglich gewesen wäre. *Eine andere Welt*, denkt Jack. Aber vielleicht doch nicht so ganz anders.

Er ruft nicht an, nicht sofort. *Regel Nummer 2: Recherchieren. Verifizieren. Konkludieren.* Er braucht nur Minuten, um sich ein Bild von ihr zu machen – kurz im Internet suchen, ein Anruf an der Universität, und dann liegt ihr Leben vor ihm, ereignislos, farblos, tadellos. Vielleicht einen Hauch zu tadellos.

Schließlich sendet er eine kurze Frage – was macht dein Kopf, warst du beim Arzt – und so fängt es an. Sie antwortet, er schreibt zurück, sie antwortet … freundliche SMS zum Kennenlernen, wie die meisten Leute sie unbesehen glauben. Aber er ist nicht die meisten Leute … und wenn er von ihren Worten beim Abschied ausgeht, ist Janis Connolly das auch nicht. Aber was ist sie?

Er spielt mit dem Gedanken, tiefer zu graben, vielleicht ein paar alte Kontakte zu aktivieren. Aber die Art von Information, um die es ihm geht, braucht Zeit, und Janis Connolly wird nur noch ein oder zwei Tage in der Nähe sein. Und falls es eine harmlose Erklärung gibt … zehn Jahre, denkt er. Zehn Jahre, in denen er mit dem Hintergrund verschmolzen ist, für einen Haufen von inzuchtgeprägten Insulanern, Jahre, in denen er zu diesem Künstler in der alten Schule wurde und nicht mehr der verrückte Maler aus dem Süden war. Zehn Jahre des Weglaufens … ein halbes lebenslänglich, wenn man nicht so genau rechnet. Ironie ist nicht seine starke Seite, aber diese hier trifft ihn immer so, dass es wehtut.

Und jetzt? Selbst in seinem Studio, umgeben von seinen besten Arbeiten, kann er sie nicht verdrängen, ihr Gesicht, ihre Stimme, ihre *Goldenheit* wollen ihm nicht aus dem Kopf. So oder so, Janis Connolly hat sich in seinen Gedanken breitgemacht. Und diesmal ist Weglaufen keine Lösung.

An ihrem letzten Tag wartet er am Fähranleger auf sie. Unterdrückt das nervöse, halbvergessene Prickeln in seinem Bauch. Und dann kommt sie über die Laufplanke, ihre lindgrüne Jacke und der hellblaue Rucksack wie Farbtupfer vor dem kanonengrauen Himmel.

„Jack!" Sie läuft auf ihn zu, ihr Gesicht öffnet sich zu einem strahlenden, vertrauensvollen Lächeln. „Diesmal passend fürs Wetter angezogen, siehst du? Also, was zuerst – der Seehundsstrand oder der Broch?"

Er schüttelt den Kopf, lächelt noch immer. „Kaffee? Das Pier Café hat gerade geöffnet."

Er führt sie an einen Tisch, an dem sie garantiert nicht belauscht werden können, und nimmt neben ihr Platz. „Nur altmodischer Kaffee mit Milch, fürchte ich. Geht das?"

„Sicher, aber …"

„Ein bisschen reden." Er beugt sich zu ihr vor, legt ihr die Hand um den Arm. „Darüber, weshalb du hier bist. Die Wahrheit, Janis."

Tiefe meerblaue Augen, die sich erschrocken weiten. „Ich verstehe nicht …"

„Du hast mich Mr Hunter genannt … aber ich hatte mich als Jack vorgestellt. Weißt du noch?"

„Ha?" Sie starrt ihn an, als die Kellnerin kommt, um die Bestellung aufzunehmen. Und grinst dann verlegen. „Huch. Naja, also gut …" Sie holt tief Luft. „Mann, ist das peinlich. Ich war in Kirkwall bei der Touristen-Info, und die Frau da hat mir von einem wirklich begabten lokalen

Künstler erzählt. Dann habe ich den Artikel im ‚Islander' gesehen, und …" Sie zuckt mit den Schultern. „Ich war gerade auf dem Weg zur Galerie, als ich von dem verdammten Rad gefallen bin. Als ich dich dann gesehen habe, bin ich einfach durchgedreht. Und als ich dich erkannt hatte … ich wollte nicht als verrücktes Groupie auftreten. Bist du mir jetzt böse?"

Erleichterung durchströmt ihn, er möchte laut lachen. „Ich bin dir nicht böse, es ist bloß … Janis. Ich war mal Bulle. Polizei, verstehst du? Vor langer Zeit." *Eine andere Zeit. Eine andere Welt.* „Ich bin hergezogen, um von vielen Dingen wegzukommen, aber einige haben sich festgesetzt – und manchmal bin ich verdammt misstrauisch."

„Du hast mich für eine Art bezahlte Killerin gehalten? Echt?"

„Nein, ich …" Er haspelt sich durch eine Entschuldigung. „Können wir das vergessen und noch mal neu anfangen, oder hab ich alles verbockt?"

Sie legt den Kopf schräg, grinst. „Nicht so ganz – aber bis wir am Seehundsstrand gewesen sind, bist du auf Bewährung."

„Himmel, du willst diese scheiß Viecher wirklich sehen? Die stinken wie die Pest, musst du wissen – und sie sind unheimlich, wenn du mich fragst. Du weißt doch von den Selkies, oder?"

169

„Den Seehundsmenschen? Sicher. Gutaussehende dunkelhaarige Typen, haben Bindungsängste und stehen total auf Fische." Sie zwinkert ihm zu. „Da kann man doch nichts gegen haben. Und danach … würde ich gern dein Studio sehen. Meinst du, das lässt sich machen?"

Janis in seinem Studio. Gold vor Weiß. Tief in seinem Bauch ein Zittern der Erregung. „Warum nicht? Wir müssen aber um sechs wieder hier sein. Dann geht die letzte Fähre."

„Ach?" Sie beugt sich zu ihm vor, so dicht, dass er ihren zitrushellen Duft wahrnimmt, und lächelt ihn an. „Daran müssen wir denken. Oder was?"

Er fährt mit ihr nach Gundarswick, zu dem Haus, wo es spukt, davon sind die Einheimischen überzeugt. „Eine dämonische Selkie-Frau, heißt es. Bei Ebbe kannst du sie singen hören."

Sie schüttelt sich. „Unheimlich. Mein Reiseführer sagt, ein Selkielied kann unbedachte Reisende ins Verderben locken und ihre Seelen entführen – du hast das noch nie gehört, oder?"

„Das Singen?" Eine Erinnerung stellt sich ein, gegen seinen Willen.

Von Gunderswick am Strand entlang, auf der Suche nach Papageientauchern, und ein spätes Mittagspicknick am Peedie Selkie.

Das Bier, das sie mitgebracht hat, ist warm und hat einen seltsamen dunklen Beigeschmack, aber für sie scheint das kein Problem zu sein, warum also für ihn?

Dann zurück entlang der Bucht, während das Sonnenlicht verschwindet. Er führt sie über den Pfad zu seinem Haus, und dabei kämpfen in ihm Erregung und eine vage brennende Furcht. In seiner Erinnerung war es nie so, nicht einmal beim ersten Mal. Vielleicht, weil er noch nie so viel gewagt hat. Nie so viel riskiert.

Er beobachtet sie, während sie sich in seinem Wohnbereich umschaut, sieht, wie es auf sie wirken muss – knochenweiße Wände, die Möbel aus dem Sonderangebot nichtssagend, unpersönlich. Seelenlos. Als ob sich hier ein Geist niedergelassen hätte, denkt er. Aber irgendwie stimmt das doch auch?

„Wie lange wohnst du schon hier, Jack?"

„Hab es einfach nie richtig geschafft, mit dem Einrichten anzufangen. Aber das Studio gleicht alles aus, hoffe ich."

Er legt ihr den Arm um die Schultern und führt sie die kleine Treppe hinunter. Als sie in das Graue starrt, zündet er die altmodischen Petroleumlampen an, eine nach der anderen, und stellt sie so ab, dass ihr cremiger Schein jede vollkommene stumme Schönheit beleuchtet. Karen, Melissa. Jennifer … alle verblassen neben der goldenen

Frau an seiner Seite. Wie lange wartet er schon auf eine wie sie?

Sie dreht sich zu ihm um, macht große Augen. „Sie alle … wie hast du das geschafft? Neben deinem Beruf als Polizist, meine ich."

„Ich habe damals manchmal mit dem Gedanken gespielt, aufzugeben", gesteht er. „Konnte in der Arbeit einfach keinen Sinn mehr sehen. Aber dann habe ich eine Frau kennengelernt."

„Und sie hat dir Modell gestanden?"

„Sie hat mir gezeigt, dass es sich lohnte, weiterzumachen. Und das hast du auch." Er berührt ihren Arm, atmet ihren Duft ein. Atmet *sie* ein. „Ich möchte dich malen, Janis. Erlaubst du mir das?"

„Bist du sicher, Jack?" Ein seltsamer Unterton in ihrer Stimme, als verstehe sie, wie viel das bedeutet.

„Ich war noch nie so sicher." Er geht hinaus in den Garten, schaut auf die Bucht hinaus, und sein Herz hämmert wie wild drauflos. „Janis?"

„Wenn du das wirklich willst."

Er will sich umdrehen, etwas bewegt sich hinter ihm. Und dann wird seine Welt schwarz.

Seine Augen öffnen sich langsam, aber das Schwarze bleibt. Blind? Er erlebt   einen   Moment   purer

172

gedärmverkrampfender Panik, ehe ihm aufgeht, dass etwas seine Augen bedeckt. Er hat einen sauren Geschmack im Mund, und eine klebrige Feuchtigkeit sickert von seiner Schläfe über sein Gesicht. Feuchtigkeit, die er nicht wegwischen kann, da seine Hände hinter seinem Rücken gefesselt sind. Ein seltsames Rauschen in seinen Ohren. Und er friert, friert mehr als je zuvor in seinem Leben. Was um Himmels willen …?

„Janis?"

Er versucht, den Kopf zu verdrehen, aber ein Reißen an seinem Hals lässt ihn gegen etwas Hartes und Hölzernes knallen. Ein Zaunpfahl? Nein, es fühlt sich zu glitschig an, und er kann im aufkommenden Wind eine Prise Ozon riechen. Und seine Füße … Jesus, seine Füße und seine Waden sind offenbar nass.

Er macht den Mund auf, um nach Janis zu schreien, nach irgendwem … und dann sind da Hände an seinem Hinterkopf. Jemand nimmt ihm die Binde von den Augen, jemand mit zitrusfrisch duftender Haut … und Janis steht vor ihm und hält ein schlaffes Stück Seil in der Hand.

„Aufhören, Jack. Das bringt doch nichts."

„Janis, um Himmels willen. Wenn das eine abgefahrene Fifty Shades-Nummer sein soll, ich stehe wirklich nicht auf …"

Das Seil um seinen Hals spannt sich wieder an, der Druck gegen seine Luftröhre lässt ihn nach Luft schnappen, unverständlich röcheln. Als er wieder zu Atem kommt, beißt er die Zähne zusammen, um nicht loszuschreien. „Janis, bitte. Du …"

„Ich kenne dich." Sie geht neben ihm in die Hocke, ihr Gesicht ist geisterhaft bleich unter ihrer Sonnenbräune. „Die Frauen, die du ermordet, die Leben, die du zerstört hast – du bist der *Künstler*, Jack. Und ich suche dich schon seit sehr langer Zeit."

Und plötzlich hat Lügen keinen Zweck mehr. Er schaut auf und blickt in ihre Augen – normale graublaue Augen ohne die getönten Kontaktlinsen – und eine Erinnerung wird wach.

„Wer bist du?"

„Ich heiße Jess. Jess Carter – und nein, du kennst mich nicht. Aber du hast meine Schwester gekannt, Jack. Du hast sie sehr gut gekannt."

Die Erinnerung verändert sich, nimmt feste Gestalt an. Nicht die Augen, aber die Stimme, der Akzent … der Akzent, der jegliche Spur von Kalifornien verloren hat. Langsam breitet sich die Angst in ihm aus.

„Roisin."

Janis nickt. „Roisin war zweiundzwanzig, Jack. Sie hatte ihr Leben noch vor sich, wie man so sagt. Aber dann ist sie dir begegnet. Und du warst das Ende von

174

allem, was? Ihr Leben, die Ehe meiner Eltern … alles Gute, das wir hatten, hast du uns genommen. Zeit, hier für einen Ausgleich zu sorgen, findest du nicht?"

Er fährt sich mit der Zunge über die trockenen Lippen. „Was wirst du mit mir machen?"

„Nichts. Das ist nicht nötig." Sie zieht ihr Smartphone hervor und hält es vor ihn hin. „Du kannst ja nicht sehen, wo du bist, und deshalb habe ich ein kleines Video für dich gemacht."

Zuerst sieht er nur die zerfallene Mauer aus Felsbrocken, wo sein überwucherter Garten zum Wasser hin abfällt. Dann bewegt sich die Kamera, zeigt ihm das verfaulende Holz des Anlegers … und die gefesselte Gestalt, die an einen Pfosten gebunden ist, dicht oberhalb der Wasseroberfläche. Und die Erkenntnis, was sie vorhat, durchflutet ihn, verwandelt seine Knochen in Wasser.

„Janis … Jess … das ist doch nicht nötig. Bitte."

Sie schüttelt den Kopf. „Anfangs habe ich mich gefragt, ob ich mich geirrt hätte. Du warst so verdammt … nett. Aber das war doch deine Tour, oder was? Bis zum Ende, bis zu dem Moment, wo du ihnen die Kehle aufgeschlitzt und deine widerlichen Bilder gemalt hast, warst du immer *nett.*"

175

Ihre Stimme zittert … unsicher, ob sie das durchziehen kann, denkt er. Also nutz die Gelegenheit, Jack. *Nutz sie.*

„Jess, hör mir zu." Er drückt sich gegen den Pfosten, sein Hals ist wundgescheuert und blutet. Kalt – Jesus, seine Beine sind so scheiß *kalt.* „Ich … ich glaube nicht, dass du das tun kannst."

Sie zieht ihre Jacke an, hebt ihren Rucksack auf. „Es ist schon getan, Jack, mehr oder weniger."

„Damit kommst du nicht durch. Meinst du denn, niemand wird mich vermissen?"

Sie legt den Kopf schräg und überlegt. „Erst mal nicht, nein … diese ganze Künstler-als -Einsiedler-Masche, weißt du? Und bis dahin bin ich längst weg."

„Es wird polizeiliche Untersuchungen geben. Und wir sind zusammen gesehen worden."

Die Kälte steigt höher. Hat jetzt seine Taille erreicht. Wenn er nur eine Hand befreien könnte … er stellt sich vor, wie ihre Haut platzt, wie sie unter seinen Händen blutet. Wie Zähne daran reißen. *Zerfetzen.* Jesus, wenn er sie auch nur mit einem Finger berühren könnte …

„Wen haben sie gesehen, Jack? Eine blonde amerikanische Touristin." Sie öffnet den Rucksack und zieht ein ausgebeultes Sweatshirt und eine Packung Haarfärbemittel heraus. „Glaub mir, wenn ich die Insel verlasse, werde ich ein bisschen anders aussehen. Und wenn sie mich doch fassen … naja, die Chance müssen sie haben. Das ist mehr, als du *ihnen* gegeben hast, oder? Eine sportliche Chance."

Sie steht auf, wischt sich Seetang von den Knien. „Ach, und die Sage von den dämonischen Selkie-Sängerinnen? Die hab ich erfunden, Jack. Da bin ich mir wenigstens reichlich sicher." Sie will noch etwas hinzufügen, dann schüttelt sie den Kopf.

Als sie auf das Haus zugeht, fangen die Seehunde an zu singen.

Die Geschichte wurde erstmals veröffentlicht in der Zeitschrift Kalmenzone, Nr. 10, 2016, und übersetzt von Gabriele Haefs

Danilka

Alexander Mochalov

Danilkas Vater war ein einfacher Schuhmacher. Viel Geld für gutes Leder hatte er nicht
und so nähte er die Stiefel, so gut er eben
konnte. Um die Stiefel zu verkaufen, brauchte man einen Laden und in diesem musste
man sein. Doch, wer würde dann die Stiefel
fertigen? Der arme Schuhmacher verkaufte
seine Stiefel also en gros an den reichen
Nowgoroder Kaufmann Stavr. Die Familie
lebte von der Hand in den Mund. Ein Schuhmacher ohne Stiefel nannte man ihn.

Einmal fühlte der Schuhmacher sich
krank und beschloss, den Kaufmann zu
überreden, seinen Sohn in die Lehre zu nehmen. An Stavr war aber nicht leicht heranzu-
kommen, also musste der Schuhmacher sich
etwas einfallen lassen. Er erstach seine letzte
Gans, röstete sie und ging zum Händler, um
ihn zu bitten, seinen Danilka in seinem Geschäft aufzunehmen. Er hatte Glück: Stavr
zechte gerade Wein und Met mit ausländischen Gästen. Stayr sagte: „Und hier haben
wir einen armen Schuhmacher mit einer
Gans, was natürlich nicht komisch ist." Er
wandte sich an Danilkas Vater: „Wenn es dir
gelingt, mich zu amüsieren, werde ich
deinen Sohn in Dienst nehmen. Gelingt es

dir nicht, nehme ich nur die Gans und lasse dich hinauswerfen. Nun teile die Gans zwischen uns auf."

„Ich werde Euch amüsieren, Meister. Zweifelt nicht an mir", antwortete der Schuhmacher und nahm das Messer.

Zunächst schnitt er der Gans den Kopf ab und reichte ihm Stayr.

„Der ist für dich. Nimm den Kopf, weil du der Kopf des Hauses bist."

Als nächstes schnitt er den Bürzel ab. „Der ist für die Herrin, die Verantwortung für die Hauswirtschaft ruht auf ihr, also ist dieser Teil der richtige für sie."

Die Gänsekeulen legte er den ausländischen Gästen mit den Worten vor: „Nach dem Festmahl werdet ihr nach Hause gehen, da kommen die Beine gerade recht!"

Den Freudenmädchen, die die Besucher begleiteten, teilte er die Flügel zu und sagte: „Bald werdet ihr wegfliegen, da werden Euch die Flügel gelegen sein."

„Für mich bleibt das Gerippe, um den Kummer zu tragen, der auf meinem Buckel lastet!"

Stavr und die Gesellschaft lachten und der Kaufmann bewirtete den Schuhmacher mit einem Becher Met und trank mit ihm.

„Kannst du jetzt noch meine Gänse verteilen? Wir sind sechs, und es gibt fünf Gänse."

„Das schaffe ich."

„Doch sei vorsichtig, dass du niemanden beleidigst."

„Zweifelt nicht daran, dass ich euch unterhalten werde."

Der Schuhmacher gab Stavr die erste Gans: „Das ist für dich und die Herrin. Jetzt seid ihr drei!"

Die zweite Gans gab er den ausländischen Gästen und die dritte den Mädchen. Dabei sagte er jedes Mal: „Jetzt seit auch ihr drei!"

Die letzten beiden Gänse nahm der Schuhmacher für sich und sagte: „Jetzt sind auch wir drei!"

Stavr lachte: „Du hast mich gut unterhalten. Du wärest ein guter Handelsgehilfe geworden, doch dafür ist es zu spät. So nehme ich deinen Sohn als Lehrling. Wenn er so schlau wie du ist, wird er ein guter Händler werden. Trink noch einen Becher, doch die Gänse lässt du hier, sie sind das Lehrgeld. Ich füttere niemanden umsonst."

So also kam Danilka in Stavrs Haus.

Die große Liebe

Erna Osland

Eine Krötenfrau verliebte sich in einen Schlangenmann. Die Kröte hatte einen roten Rücken und war rund und breit. Die Schlange war lang und elegant. „Ein gefährlicher Typ", sagten die Freundinnen der kleinen Kröte. Sie warnten sie bei jeder Gelegenheit. Aber je mehr sie gewarnt wurde, umso sicherer war sich die Kröte, dass die Schlange die richtige Partie für sie war. Sie konnte nur noch an ihre große Liebe denken. Und sie musste einfach immer wieder über ihn reden, über seine schrägstehenden Augen, die gespaltene Zunge und das Zickzackmuster seiner Haut. „Ein Schuft", sagten die Freundinnen. „Bei dem weißt du nie, woran du bist." Darauf lachte die kleine Kröte nur, sie wusste immer, woran sie war und wo sie war. Sie hatte sich nämlich ein Versteck bei dem Stein gesucht, wo er sich immer sonnte. Stundenlang konnte sie da sitzen und ihn anstarren. Und wenn die Freundinnen vorübergewatschelt kamen, konnte sie immer etwas Neues über ihren Liebsten erzählen: über den Ring um sein Goldauge, den sie soeben entdeckt hatte. „Such dir einen anderen", sagten die Freundinnen. „Einen kleineren und breiteren, einen mit Füßen." Die kleine

Kröte seufzte. Hatten die denn wirklich keine Ahnung? Sie liebte ihn doch gerade, weil er so anders war als sie. Mit glatter Eleganz war er auf sie zugeglitten. Was hätte er denn mit Füßen anfangen sollen? Und dann fing sie an, davon zu erzählen, was am Vorabend geschehen war. Er war angeschlichen gekommen, fast unmerklich war sein Kopf vorgeschnellt und hatte die Zähne in eine Maus geschlagen. Die kleine Kröte hatte das eher geahnt als gesehen. Schön war der Schlangenschlund, schön und gefährlich. Die Schlange hatte die Kiefer sozusagen ausgeklinkt, ganz weit, um sich für das Essen zu öffnen. „Ein Feinschmecker", seufzte die Kröte. Die Freundinnen antworteten wieder dasselbe: Der Kerl sei nichts für sie, er denke nur ans Essen. Sie müsse sich in acht nehmen, sagten die Freundinnen, damit sie nicht auch noch aufgegessen würde! Von einem mit Zähnen sei doch alles zu erwarten! Das sagen sie nur, weil sie selber keine Zähne haben, dachte die kleine Kröte. Schweigend versuchte sie, davonzugleiten wie eine Schlange. Sie wollte weg von den Freundinnen, die nur ans Essen dachten. Sie wollte da sein, wo ihr Liebster war, wollte sehen, wie er den Mund aufriss und die Zähne vorschnellen ließ. Abends fing die Kröte einen Käfer, biss hinein und trug ihn zum Schlangenstein. Und es kam so, wie sie sich das gewünscht hatte, der Ersehnte glitt herbei. Er entdeckte den Käfer, riss den Schlund auf und schnappte zu. Wie benommen vor Glück sah die Kröte zu, wie ihre Liebesgabe ihren Platz im glänzenden Schlangenbauch einnahm. Ja, in ihrem Glücksrausch ging ihr erst auf, dass sie es ihren Freundinnen erzählt hatte, als sie deren Reaktion hörte.

„Diese Zähne werden noch dein Tod sein", sagten sie. Die Kröte nickte, tödlich waren die Zähne, sicher waren sie das, das hatte sie schon oft gesehen. Aber nicht für sie. Warum hätte er bei ihr zubeißen sollen, wo sie ihn doch über alles auf dieser Welt liebte? „Dass du ihn liebst, woher soll er das denn wissen?", fragten die gemeinen Freundinnen. Darüber wollte die kleine Kröte aber nicht reden, sie wollte nicht über ihre Liebe mit Leuten diskutieren, die von nichts anderem als vom Essen eine Ahnung hatten. Sie selbst dachte überhaupt nicht mehr ans Essen, sie dachte nur an ihn. Daran, wie elegant er war und wie klug. Wenn die anderen das nicht kapierten, dann wollte sie nicht mehr mit ihnen reden. Hinfort wollte sie nur noch ihren Geliebten ansehen und an ihn denken.

Mehrere Tage lang sprach sie mit niemandem über ihre große Liebe. Sie sah ihn nur an. Am besten gefielen ihr die Zähne, die waren wirklich das Schönste an ihm. „Das Schönste im ganzen Wald", sagte die Kröte zu sich, denn gegenüber ihren Freundinnen verlor sie kein Wort mehr über die Schlange.

„Gut, dass es vorüber ist", meinten die. „Denn der Typ, der war doch tödlich." Aber die hatten eben keine Ahnung von Liebe. Die kapierten nicht, dass die kleine Kröte die Schlange umso inniger liebte, je mehr die anderen über ihn lästerten. Alles an ihm - sein ganzes Wesen bezauberte sie. Ein großes und warmes Herz hatte er. Sie konnte es sehen, wenn es unter seiner Haut pochte. Aber davon sagte sie ihren Freundinnen natürlich nichts. Nur ein einziges Mal erwähnte sie aus Versehen, wie warmherzig ihr Liebster war, wie heftig sein warmes Herz für sie schlug. Sofort stimmten die Freundinnen wieder ihr Klagelied an. „So blöd kannst du doch gar nicht sein", sagten sie, „dass du das, was sich da unter der Zickzackhaut bewegt, für sein Herz hältst?" Im Laufe des Sommers legte die Kröte der Schlange immer wieder Leckerbissen hin. Weiche graue Schnecken, wie sie sie selbst so gern aß. Sie biss kurz hinein, damit die Schnecken sich ruhig verhielten, aber doch am Leben blieben. Denn lebendig musste das sein, was sie ihm anbot. Leben liebte er, dieser Feinschmecker. Sie selbst saß unter dem Stein und sah zu. Sah die Zähne an. Aber sie musterte auch seinen wohlgeformten Kopf, wie Diamanten funkelten die winzigen Schuppen ganz oben. Und sie sah den glänzenden Bauch an, natürlich, wo sein Herz schlug. Es schlug für sie! Sie sehnte sich nach ihm, mehr und mehr, und sie fragte sich, wie sie ihm wohl gestehen könnte, dass sie ihn liebte. Morgen, vielleicht, würde sie es ihm erzählen!

Am nächsten Morgen früh - so früh, dass die Schnecken sich nach ihrer nächtlichen Mahlzeit noch nicht gerührt hatten - fing die Kröte eine breitgestreifte Schnecke. Das würde eine wohlschmeckende Morgengabe werden. Ein Liebespfand. Dachte sie und legte die Schnecke auf den Schlangenstein, ehe sie sich daneben setzte. Ein wenig in sich zusammengekrochen zwar, aber nicht ganz versteckt, saß sie nackt und zitternd im Morgentau. Sie glitzerte, sie war die röteste Kröte im ganzen Wald. Und die nervöseste. Sie konnte nur mit Mühe still sitzen, als die Schlange mit ihrem Zickzackmuster angeglitten kam. Niemals war ihr Liebster schöner gewesen! Fast grau war sein Bauch in der aufgehenden Sonne, und sein Zickzack war fast so rot wie die Kröte selbst. Jetzt musste er doch sehen, wie gut sie zueinander passten? Sie trat einen Schritt vor. Es war eine winzige Bewegung, durchaus nicht plötzlich - und ganz und gar lautlos. Aber für die Schlange reichte sie aus. Ehe die Kröte sich's versah, war er weg. Sie sah nur die Schwanzspitze, die hinter dem Stein verschwand. Ob er sich gefürchtet hat, überlegte die Kröte. Hatte er Angst vor ihr, die ihn doch über alles auf der Welt liebte? An diesem Abend kamen die Freundinnen und fragten, ob sie mit zur Wiese kommen wollte. „Wir wollen Mücken fangen", sagten sie, die anderen vorwarfen, immer nur ans Essen zu denken. Die kleine Kröte wollte nicht. Sie sei erkältet, sagte sie. Dass sie einfach nicht so lange von der Schlange weg sein wollte, sagte sie natürlich nicht. Aber die Freundinnen verstanden es doch. „Was willst du mit einem Kerl ohne Füße", fragten sie. „Einem, der nur daran denkt, in was er seine fiesen Zähne schlagen soll? Komm mit uns, dann lernst du einen kennen, der zu dir passt, einen, der nicht kauen muss." Das war gut gemeint, erzielte aber die entgegengesetzte Wirkung. Denn die kleine Kröte sagte sich, wenn die Freundinnen das so sähen, dann würde sie es ihnen zeigen. Die Liebe war anders als sie glaubten, die Liebe war mehr als nur Essen. Echte Liebe war jedenfalls mehr. Sie war ewig, sie überwand alles. Das würden ihre Freundinnen schon noch begreifen! Am nächsten Morgen saß die Kröte auf ihrem üblichen Platz unter den Farnwedeln. Eine Schnecke - lang und fett - lag schon auf dem Weg der Schlange. Aber um die Schlange nicht wie am Vortag zu erschrecken, setzte die Kröte sich tief in den Schatten. Die Schlange entdeckte sie nicht, sie sah nur die Schnecke und schnappte zu. Und während der Geliebte den Schlund aufriss, ließ die kleine Kröte ihn nicht aus den Augen. Erst als er mit Schlund aufreißen und Schlucken fertig war, watschelte sie aus ihrem Versteck. Sie blies sich auf. Sie riss den Mund auf. Jetzt wollte sie sich ihm zeigen, sie hatte nicht nur einen wunderschönen Schlund, sie hatte auch eine flinke Zunge, die ihn ablecken könnte, wenn er das wollte. Wollte er das? Wollte er sie so dicht an sich heranlassen? Sie wartete. Er tat gar nichts. Und gerade das machte sie so nervös, dass sie sich noch ein wenig weiter aufblies. Ihr Bauch wölbte sich vor, und die Warzen flachten aus. Sie wurde groß. Und glatt - wie eine Schlange. Jetzt musste er sie doch sehen, jetzt musste er sie doch mögen! Die Schlange hob den Kopf, die Schuppen glitzerten und funkelten, als die Zunge vorschnellte. Zu ihr, über ihren Rücken, über ihre Füße fuhr die Zunge. Mehr! Mehr! Die Kröte wollte mehr! Das war die Liebe. Da war sie sich sicher. Aber mehr gab es nicht, die Schlange war verschwunden. Die ganze Nacht lang dachte die Kröte nur an ihren Geliebten. Daran, wie unendlich schön er gewesen war. Und schüchtern. Konnte es die neue helle Haut sein, die ihn so schüchtern gemacht hatte? Sie hatte nämlich gesehen, wie er aus der alten herausgekrochen war. Und das hatte ihre Begeisterung für ihn nur noch wachsen lassen. Mit ein wenig Sommerwärme - tröstete sie sich - und etwas dickerer Haut würde die Liebe kommen. Bald würde Hochsommer sein, sie konnte einfach warten, bis die Schlange sich

187

auf dem Stein sonnte. Und dann - dann würde sie, aus purem Zufall, vorüber oder vorbeikommen. Sie wartete. Ihren Freundinnen erzählte sie natürlich nichts. In einer Nacht ging sie dann aber doch mit ihnen Mücken fangen. „Gut, dass du zur Vernunft gekommen bist", sagten die Freundinnen und freuten sich. „Gut, dass du eingesehen hast, dass dieser Typ nichts für dich ist." Die hatten ja keine Ahnung von den Plänen der kleinen Kröte. Davon, dass sie nur darauf wartete, sich und ihre Schlange zu wärmen. Endlich kamen die heißen Sonnentage. Ein Tag kam, an dem alle Steine schön warm waren. Ein Tag, an dem Schlangen zu nichts anderem in der Lage sind, als zu dösen und zu schlafen. Dieser Tag kam und die Kröte kroch auf den Stein, auf dem ihr Geliebter sich sonnte. Ganz ruhig lag er da, ganz still. Das Einzige, was sich bewegte, war das Herz. Das Schlangenherz - es pochte und bewegte sich unter der Schlangenhaut. Wenn die Freundinnen dort gewesen wären, hätten sie gesagt, dass das eine Maus sei, die sich dort bewegte. Und für einen Moment, wie ein Blitz nur, durchfuhr es die kleine Kröte, dass es vielleicht genau das war, eine Maus, die unter der Schlangenhaut zappelte. Oder ein Frosch? Oder eine Kröte, die im Schlangenbauch um ihr Leben kämpfte? Genau das hätten die Freundinnen gesagt, das wusste die kleine Kröte. Und aus diesem Grund dachte sie ganz schnell an etwas anderes. Die Freundinnen sollten sie nicht gerade jetzt aufhalten können. „Natürlich ist es das Herz", sagte sie sich, während sie auf die Schlange zu watschelte. „Natürlich ist es das Herz, was da unter der Haut schlägt. Es schlägt für mich." Sie fühlte sich immer sicherer, je näher sie ihm kam. Sie krabbelte, sie kroch und schob sich ganz dicht an ihren Angebeteten heran, sie drückte sich gegen seine Zickzackhaut. Und sofort spürte sie es, was sie sich niemals hätte vorstellen können: Die Haut, die so glänzte, war trocken. Unvorstellbar glatt war die Haut. Und dünn. Sie sah es ganz deutlich, das schlagende Herz im Schlangenbauch. Es schlug, es schlug für sie! „Bräckäckäx", sagte sie, so sanft sie konnte. „Bräckäckäx, bräckäckäx", sagte sie, rau, aber herzlich. „Ich liebe dich, liebe dich", sang sie auf Krötenweise und schmiegte sich watschelnd an ihn. Er hatte keine Angst. Und sie hatte keine Angst. Sie sahen einander nur an. Lange. So lange, dass die Kröte es nicht mehr ertragen konnte. Erschöpft vom langen Warten, wie sie war, konnte sie den Gedanken nicht ertragen, dass er weggehen würde. Und deshalb durchfuhr sie plötzlich eine Idee. Beiß mich, blitzte die Idee. Schlag die Zähne in mich! Und da passierte das, was sie wollte - und doch nicht wollte! Die Schlange ließ ihren Kopf vorschießen, die Zähne kamen auf die Kröte zu, spitz und weiß. Schnell ging das, blitzschnell. Aber die Kröte sah sie, die Schlangenzähne. Sie konnte sich gerade noch über den Biss freuen, über die Zähne, die sich in sie hineinbohrten. Nicht sehr tief, sie konnte noch immer sehen, wie die Schlange den Schlund aufriss und sich bereit machte, um die Kröte in sich hineinzupressen, sie zu umarmen. Endlich würden die beiden einander begegnen. Gegen ihren Willen fielen ihre Augen zu, deshalb hörte sie nur noch. Und spürte ihn - den Schlangenatem und die Kiefer, als er sie ausklinkte, um die Kröte in sich hineinzupressen. So ist die Liebe, dachte die Kröte, die alles verschlingende ewige Liebe - ehe sie in einen kühlen, süßen Schlaf versank. Sie erwachte erst, als er sie wieder ausspuckte.

Er hatte sie ausgespuckt! Sie riss mit Mühe die Augen auf und sah ihn gerade noch, als er hinter dem Stein verschwand. Sie watschelte auf die andere Seite und ließ sich ins Gras fallen. Ihr einer Fuß tat weh, saß irgendwie locker, sie musste ihn hinter sich herziehen. Mit den dreien, die noch gesund waren, schleppte sie sich durch das Moor. Dort in dem dunklen kühlenden Morast grub sie sich ein und fand ein wenig Linderung.

Erst als die Sonne unterging und eine leichte Abendbrise ihr zufächelte, kam die kleine rotrückige Kröte wieder zu sich. Sie hörte die Mücken surren und erkannte, dass sie noch immer am Leben war. Sie lebte! Und nicht weit von ihr entfernt hörte sie die Freundinnen! Die suchten wie immer nach Essen. Sie kroch vor. Sie wollte von ihrem Angebeteten erzählen, wie lieb er war, und wie geduldig. „Warum sitzt du so schief", fragten die Freundinnen. „Hat dich jemand in den Fuß gebissen?" Die kleine Kröte bohrte sich noch tiefer in den Morast. „Was haben wir gesagt", sagten die Freundinnen, „was haben wir über seine Zähne gesagt!"

Die kleine Kröte ließ sie reden, erst als die Freundinnen genug geredet hatten, erzählte sie von ihrem Geliebten. Die anderen hatten sich ja so geirrt. Schüchtern war er, empfindsam, lieb und zurückhaltend. Sie erzählte genau, was passiert war, und wie gut sie der Schlange gefallen hatte. Sie würden sich wieder treffen, sowie er Zeit hätte.

Die Freundinnen staunten. Die beiden waren also jetzt ein Paar, die Kröte und die Schlange? Hatte sie wirklich keine Angst, er könnte seine Zähne in sie hineinbohren?

Was hätte die kleine Kröte darauf antworten sollen? Nichts.

Nichts konnte sie auf eine solche Bemerkung antworten. Denn so ist die Liebe, die wirklich große Liebe. Sie stellt ihre Anforderungen. Sie stellt dich auf die Probe.

„Die Liebe ist nicht leicht zu verstehen", sagte sie zu ihren Freundinnen. Aber - betonte sie - wenn die anderen zwei Mücken für sie fingen, damit sie in Ruhe hier sitzen und ihnen alles erklären könnte? Sie wollten doch sicher mehr erfahren als nur über Essen? Sie wollten doch sicher ein wenig über die Liebe und solche Dinge wissen?

Das wollten sie, und sie brachten Schnecken und Mücken. Die kleine Kröte schluckte und hielt ihren Vortrag.

Alle Details wollten die Freundinnen hören, und deshalb erzählte die kleine Kröte genau, was die Schlange da oben auf dem Stein getan und gesagt hatte. Sie erzählte von den Schuppen, wie schön die geglänzt hatten. Von den Kiefern, wie fest die sie umarmt hatten. Von der Haut, wie wunderbar trocken und glatt die war, von der schönen Zickzackhaut. Wer hätte sich denken können, dass die Liebe so war?

Nur sein Herz behielt sie für sich. Wie es im Schlangenbauch geschlagen hatte. Gerade das sollten sie nicht erfahren, wo sie doch immer nur ans Essen dachten!

Die Geschichte wurde erstmals veröffentlicht in: Iris Grädler (Hrg): Tierische Helden, Der Club Bertelsmann, 2008

Das Drachenei

Mari Osmundsen

Es war einmal ein kleiner Dieb, gerade nur so groß. Er lebte wie alle kleinen Diebe von der Hand in den Mund und kam über die Runden, aber wirklich nur haarscharf. Eines Tages – bestimmt hatte er noch größeren Hunger als sonst und war deshalb nicht schnell genug – wurde er von einer Marktfrau erwischt. Er hatte aus einem ihrer großen Körbe ein halbes Brot gerissen, aber die Marktfrau hatte ihn gesehen und packte ihn; hier war der Junge und da war das Brot, klarer hätte der Fall gar nicht sein können. „Pöbel! Abschaum! Schlangenbrut!", heulten die anderen Marktfrauen, sie hatten es reichlich satt, am helllichten Tage von ihm und dem anderen Diebsgesindel bestohlen zu werden. „Hände abhacken!", schlugen sie vor. „In die Gruben von Skjåk schicken, damit er lernt, sich sein Brot im Schweiße seines Angesichts zu verdienen, wie wir anderen!"

Aber die Frau mit dem Brotkorb war ein guter Mensch, und sie war reich genug, sich ein bisschen Mitleid zu leisten; sie hatte selber Kinder, ein Sohn war nicht größer als der kleine Dieb.

„Nein, der Arme", sagte sie, aber sie ließ ihn nicht los. „Er ist doch noch das reinste Kind! Wie dünn und elend er ist, er zittert ja, und was hat er für schöne dunkle Augen! Er ist völlig ausgehungert, deshalb hat er gestohlen. Ich schenke dir das Brot, mein Junge. Aber dann musst du versprechen, nie wieder zu stehlen."

Die Frau wusste sicher, dass es leicht ist, sich von Kindern Gold und grüne Wälder versprechen zu lassen, vor allem, wenn sie in der Klemme sitzen; es fällt ihnen jedoch schwer, dieses Versprechen einzuhalten, wenn sie das nächste Mal glauben, sich durchschummeln zu können. Aber sie musste die anderen Marktfrauen ja dazu bringen, den Mund zu halten, und wenn sie dieses Mal Gnade vor Recht ergehen ließe, würde der Kleine sicher in der nächsten Runde andere beklauen, und das wäre doch auch schon etwas, dachte die Marktfrau. Sie hatte die dünnen Ärmchen des kleinen Diebes mit ihren braunen Fäusten gepackt, er ließ den Kopf hängen und wich ihren Blicken aus; er zitterte, wohl mehr vor Angst als vor Hunger. Die Frau hockte sich hin und schaute ihm in die Augen – sie wusste, dass von Angesicht zu Angesicht gegebene Versprechen schwerer zu brechen sind. „Na, was sagst du?", fragte sie. „Versprichst du, mich nie wieder zu bestehlen, wenn ich dich laufen lasse?"

Als der kleine Dieb begriff, was sie von ihm wollte, ließ er den Blick von seinen großen Zehen zu ihrem Gesicht wandern und lächelte, weil er sah, dass ihr Angebot ehrlich gemeint war. Er hatte ein schönes Lächeln, und die Frau war richtig gerührt. „Ja!", sagte er. Und flüsterte: „Und ich sag' auch den anderen, dass sie dich in Ruhe lassen sollen!"

Die Frau nickte und musste zurücklächeln, sie konnte nicht dagegen an. „Dann darfst du das Brot behalten", sagte sie. „Steck's unter dein Hemd – so – damit niemand es dir wegnimmt. Und dann darfst du dir noch etwas aus meinen Körben aussuchen, weil du so ein hübscher kleiner Bursche bist und mich an meinen jüngsten Sohn erinnerst, obwohl der nie auch nur eine Haferflocke gestohlen hat; das weiß ich, ich bin ja schließlich seine Mutter."

Es gibt so viel, was Mütter nicht wissen.

Der kleine Dieb traute seinen Ohren nicht. Er durfte nicht nur das Brot behalten – nun bekam er auch noch etwas geschenkt! So etwas war ihm noch nie passiert, und er hatte auch noch nie gehört, dass das überhaupt möglich sein könnte. Er starrte die Frau an, und dann ihre Körbe und dann wieder die Frau. Sie erhob sich, ließ ihn los, nickte und lächelte.

„Such dir nur was aus!", sagte sie. „Kuck mal! Hab ich nicht viele schöne Sachen? Such dir was aus, aber lass dir Zeit, damit du es nachher nicht bereust!"

Es stimmte, sie hatte allerlei in ihren Körben. Es gab runde Brote und lange Brote, Brote aus Mehl so weiß wie die weißesten Apfelblüten, und dunkle Brote, schwer von Datteln, Feigen und Rosinen. Es gab Gemüse – weiße und rote Zwiebeln, Oliven, gelbe Bohnen, grüne Bohnen und schwarze Bohnen; es gab Pflaumen und es gab süße blaurote Trauben. Ach, es war ein solcher Überfluss, dass der kleine Dieb lange einfach nur dastand, ganz still, vor den Körben, ohne einen Finger zu rühren: eine Sorgenfalte erschien zwischen seinen dunklen Brauen, sein Mund stand halb offen und ein dünner Speichelfaden lief aus seinem Mundwinkel. Schließlich war er noch ein Kind, und niemand hatte ihm gezeigt, wie man sich in Gesellschaft benimmt. In Gesellschaft war er ja nun, aber mit dem Benimm stand es nicht so gut, und das meiste hatte er sich selbst beigebracht.

„Das!", sagte er zum Schluss und zeigte darauf.

„Bist du ganz sicher?", fragte die Marktfrau, und der kleine Dieb nickte und lächelte sein strahlendes Lächeln. Und die Frau gab ihm, was er sich ausgesucht hatte.

Es gibt eine Sache, die kleine Diebe niemals mitgehen lassen: Eier. Die sind so unpraktisch, wenn man es eilig hat, besser, man gibt sich gar nicht erst mit ihnen ab. Deshalb hatte der kleine Dieb in seinem ganzen Leben noch kein Ei gegessen – Eier! Das war für ihn etwas, das feine Leute essen könnten, wahrscheinlich zum Frühstück und zu Mittag und zum Abendbrot, wo sie doch das Glück hatten, sich Eier leisten zu können, aber jemand wie er? Nein, niemals! Hätte der Junge nicht bereits ein halbes Brot unter seinem Hemd versteckt, hätte er sich vielleicht etwas Größeres und Sättigenderes ausgesucht, zum Beispiel ein ganzes Brot. Aber nun wusste er ja, dass er an diesem und am nächsten Tag satt werden würde, und damit war der Fall geklärt. Ein Ei. Wenn er es nun schon einmal bekommen konnte, wollte er es auch haben. Und nicht irgendein beliebiges Ei! Im Korb der Marktfrau lagen drei Eier, die größer und ganz anders als die anderen waren; eins war hellgelb, eins fast rosa und das dritte und größte war blauweiß, ein durchscheinendes und glänzendes Blauweiß, wie Perlmutt. Auf dieses Ei, auf das schönste von allen, zeigte der kleine Dieb und sagte: „Das!"

Das Ei war so groß, dass er es mit beiden Händen tragen musste. Es war das größte Ei, das er je gesehen hatte; ein Huhn konnte es nicht gelegt haben, und er hielt es auch für größer als ein Gänseei. Vielleicht hatte er ein Kalikutenei bekommen? Der kleine Dieb eilte durch die Straße, die vom Markt zum fünften Stadttor führte, aber er rannte nicht, und das Ei trug er stolz und offen mit beiden Händen vor sich her – denn er hatte es nicht gestohlen, er brauchte es nicht zu verstecken, er hatte es geschenkt bekommen. Es war das erste Geschenk seines Lebens. Jetzt, wo er es hatte, wusste er aber doch nicht so recht, was er damit anfangen sollte - so, wie sie waren, wurden Eier doch wohl nicht gegessen? Auf jeden Fall musste es geschält werden – aber er nahm an, dass die anderen Diebe ihm da gute Ratschläge geben könnten, und das Ei war groß genug, um aufgeteilt zu werden.

Einer der kleinsten Diebe sagte: „Die müssen gekocht werden, das habe ich gehört." Sie hatten einen Kochtopf, aber der war nicht groß genug, und der kleine Dieb fragte, ob sie das Ei nicht in die Glut legen könnten – es hatte doch eine Schale und konnte sein eigener Kochtopf sein? Aber der Älteste, der Anführer der kleinen Bande, meinte, das Ei könnte dann platzen. Er betrachtete es genauer. „Außerdem", sagte er dann, „wird es bald von selbst platzen. Hast du das nicht gesehen? Dieses Ei darf nicht gegessen werden. Es muss ausgebrütet werden. Und wenn ich mich nicht sehr irre, ist es bald fertig ausgebrütet."

Der kleine Dieb starrte das blaue Ei an. Die Schale hatte eine leuchtende, fast durchscheinende Färbung und war mit einem Netzwerk von feinen Sprüngen überzogen, wie die Adern eines Marmorblocks. Es stimmte! Dieses Ei konnte man nicht essen! Aber wie hätte er das wissen sollen – wo er doch keine Ahnung davon hatte, wie Eier auszusehen haben!

„Da hat sie mich ja doch reingelegt!", sagte er missmutig.

Aber der Älteste erklärte, dass so ein Ei fast noch besser sei als eins, das man sofort verzehren könnte; im Ei sitze doch ein Küken, und das Küken werde wachsen, einen Hahn könnten sie schlachten und aufessen, ein Huhn würde ihnen viele neue Eier legen, und wenn es dann zu alt zum Legen wäre, könnten sie es auch noch verspeisen. Wirklich kein schlechtes Geschäft. Alles für ein Versprechen, und dazu noch ein halbes Brot!

Dann verteilten sie das Brot und ein bisschen Stockfisch, den ein anderer in einer Tonne in einem Hinterhof gefunden hatte, tranken Wasser aus einem Bach, der durch das Gestrüpp unterhalb ihrer Hütte floss, saßen eine Weile um ihr kleines Feuer und überlegten, was für eine Sorte Vogel wohl aus dem Ei schlüpfen würde. Bestimmt kein gewöhnlicher Vogel, da waren sich alle einig. Nicht einmal eine Gans konnte so große Eier legen. Ob es vielleicht ein Truthahn sein könne, fragte der kleine Dieb, und vielleicht sei es ja einer, meinte ein anderer, aber noch jemand hatte von einem Vogel namens Strauß gehört, der größer sei als ein Mensch, aber nicht fliegen könne. Solche Vögel gab es wohl nicht in Durior, und wahrscheinlich nicht im ganzen Land Ulmaria – aber das Ei konnte ja von weither gekommen sein. Das glaubte jedenfalls der kleine Dieb, aber wenn er es sich recht überlegte, war er nicht mehr so sicher, dass er das Ei von einer einfachen Marktfrau bekommen hatte – sie hatte so seltsame Augen gehabt! Und belohnten normale Menschen etwa Leute, die sie bestehlen wollten?

Es war bestimmt ein Straußenei! Der kleine Dieb buddelte sich dicht beim Feuer eine Grube, legte das Ei hinein, rollte sich auf der anderen Seite zusammen, um es gegen die Kälte der Nacht zu beschützen, und schlief ein – und sofort kamen ihm schöne Träume von der Straußenhenne, die aus dem Ei kommen und ihn mit neuen Eiern überschütten würde, und für den Rest des Lebens brauchten weder er noch seine Freunde jemals wieder Hunger zu leiden.

Auch die anderen kleinen Diebe schliefen; das Feuer war heruntergebrannt, nur ein paar Fünkchen schwelten noch in der Asche. Über den Himmel wanderte der Mond, langsam und weiß. Das blauweiße Mondlicht weckte das, was im blauen Ei schlummerte, es kratzte und klopfte, ein Stück Eierschale fiel heraus, dann noch eins und noch eins – und von dem Geräusch erwachte der kleine Dieb, setzte sich auf und beobachtete das Ei gespannt – jetzt kam sicher schon das Küken. Unter der Eierschale gab es eine durchsichtige Haut, die noch an keiner Stelle geplatzt war, und der Junge beugte sich vor, um besser sehen zu können. Der Mond zeigte ihm die kleinen Sprünge in der Schale, die sich verbreiterten und weiterliefen, als wären sie lebendig – da fiel ein großes Stück herunter. Jetzt sah er, was für ein Küken unter der dünnen Haut lag! – Und er hätte heulen können und hätte es sicher auch getan, wenn er nicht Angst gehabt hätte, die anderen zu wecken – das würde nur Ärger geben, das wusste er, denn als er jünger war, hatte er oft im Schlaf geschrien, und die ältesten der kleinen Diebe hatten diese Unart mühsam aus ihm herausgeprügelt; seitdem hatte er nur lautlose Albträume. Aber das hier war kein Traum. Wäre es doch bloß einer! Von Eiern hatte er keine Ahnung, das war nun einmal so. Aber das, was in diesem steckte, kannte er – das hässliche Köpfchen war unverkennbar. Milchweiße Glotzaugen, eine Schnauze so lang wie ein Entenschnabel, mit spitzen Zähnchen – aber die würden sicher bald zu richtigen Zähnen werden – und einer eifrigen Zunge, selbst in diesem schlechten Licht sah er, dass sie blau war und nicht rot wie bei anderen warmblütigen Wesen. Nein, es stimmte, im Ei steckte weder ein Huhn noch ein Truthahn. Und auch kein Strauß. Es war überhaupt kein Vogel. Es war ein Drache.

Nun sind Drachen, wie wir alle wissen, gierige, unnütze Geschöpfe, die mehr schaden als einbringen. Ach, sie sind ja auch schön anzusehen, wenn sie hoch über der Landschaft schweben und wie Rubine und Perlmutt in der Sonne glänzen – aber von Schönheit wird man nun einmal nicht satt! Für die Bauern sind sie eine Plage, stehlen Federvieh und Lämmer und sogar die eine oder andere Jungfrau; sie führen ein leichtsinniges Leben und ähneln dem Kuckuck, der sanftmütigeren Geschöpfen seine Brut unterschiebt, um der Mühe zu entgehen, das Gezücht füttern zu müssen – vielleicht ist das ja kein Wunder, es ist eine üble Plackerei. Die Jungen sind erst nach Jahr und Tag flügge, und bis dahin sieht man vor allem ihren weit aufgerissenen, bodenlosen Schlund. Und wenn das Viech dann endlich ausgewachsen ist, breitet es eines schönen Tages die Schwingen aus, hebt ab und entschwindet, ohne sich auch nur zu bedanken, und danach sieht man es nie mehr wieder. So sind die Drachen. Von Dankbarkeit wissen sie wenig oder gar nichts. Aus Berechnung, nicht aus Gerechtigkeitssinn belohnen sie ihre Pflegeeltern, wenn die ihre Aufgabe zufriedenstellend erfüllt haben, mit Perlen und Gold, genug, um den Rest ihres Lebens in Wohlstand zu verbringen; wird der kleine

Drache jedoch vernachlässigt oder verlassen, stehen die Katastrophen vor deiner Tür Schlange, eine entsetzlicher als die andere – und treffen nicht nur dich, sondern auch deine Familie und deine Freunde. Wer die Verantwortung für ein Drachenei hat, kommt nicht so leicht davon und braucht es gar nicht erst zu versuchen.

Der kleine Dieb erhob sich, stand eine Weile mit geballten Fäusten und einem Gesicht schwarz wie der Nachthimmel da. Ach, dachte er, das ist nicht gerecht, aber ich hätte mir ja wohl denken können, dass an der Sache irgendwo ein Haken ist; was soll jetzt aus mir werden? Ich kann mich ja selber kaum am Leben erhalten. Wie soll ich da einen Drachen sattmachen können?

Er stand in der mondhellen Nacht und sagte kein Wort, aber in ihm kochte es; er war so enttäuscht und böse, dass er am Liebsten dem Ei mit Drachen und allem einen ordentlichen Tritt versetzt hätte, aber das wagte er nicht – er hatte zu oft von Leuten gehört, die das auch versucht hatten. Statt also dem Ei einen Tritt zu verpassen oder darauf herumzutrampeln und den halbausgeschlüpften Drachen zu zerstampfen, drehte er sich um und verließ Hütte und Feuerstelle – er stolperte und rannte, und er weinte auch ein bisschen, während er durch Dunkelheit, Gestrüpp und Felsen davonstürzte. Alles Ungemach der Welt würde ihn

verfolgen, wenn er den Drachen nicht sattbe-
käme – als ob sein Elend nicht ohnehin schon
groß genug wäre! Und es war ganz unmöglich für ihn, den Drachen zu ernähren. Das
war eine Aufgabe für einen Prinzen oder einen Sohn aus reichem Hause, nicht für einen
armen Schlucker wie ihn.

Er lief blindlings weiter und schniefte
und fluchte dabei, und plötzlich gab der Boden unter seinen Füßen nach und er stürzte
mit einer Lawine aus Sand und Kieselsteinen
– in die Erde – in die Finsternis.

Da lag er.

Über ihm leuchtete der Mond durch
das Loch, in das der kleine Dieb gefallen
war, um ihn herum war die Dunkelheit.
Nach und nach stellte er fest, dass er sich
ganz unversehrt fühlte, und er krabbelte auf
alle Viere; dann erhob er sich ganz und
streckte die Arme in die Luft; nichts. Nach
oben führte für ihn also kein Weg. Er rief, obwohl er wusste, dass niemand antworten
würde, und seine Stimme warf ein Echo – es
klang, als wäre er in einer Höhle oder in einem großen Saal. Er glaubte, etwas zu erkennen. Links von ihm wirkte es heller als die
übrige Finsternis. Er ließ sich wieder auf alle
Viere nieder – so fühlte er sich sicherer - und
kroch langsam und vorsichtig, auf Händen
und Knien, in Richtung des Lichtschimmers.
Es wurde heller, ein ganz klein wenig. Unter
den Händen hatte er eine glatte Steinfläche,

und bald konnte er Säulen und Wände um sich herum erkennen. Das Licht kam von oben, es war Mondlicht, und es schien da noch eine Öffnung zu geben, eingestürzte Mauern und Steinquader versperrten ihm den Blick. Dann kroch er um eine Ecke – und sah, wo er war.

Es war eine große dunkle Halle, die Menschen vor langer Zeit erbaut haben mussten. Teile des Daches waren eingestürzt, und an einer Stelle fiel das Mondlicht herein. Ein Stück von dem Jungen entfernt, in der Mitte des riesigen Steinbodens, standen vier weiße Gestalten; größer als ein lebender Mensch jemals werden könnte. Sie wandten ihm den Rücken zu, und nach einer Weile begriff er, dass sie keine lebenden Menschen waren, sondern Statuen – vier Statuen – eine Frau, drei Männer, und sie waren alt, so alt, dass sie die Jahre nicht unbeschadet überlebt hatten, obwohl sie in harten weißen Stein gehauen waren; hier fehlte eine Hand, dort ein Stück von einem Umhang, und die Statue ganz rechts trug auf ihren kräftigen Schultern keinen Kopf.

Ein Tempel, das ging ihm jetzt auf, und die Statuen mussten Gottheiten sein, vier der alten Gottheiten – Gottheiten, die alle seit langem für tot und verschwunden hielten.

Er saß mäuschenstill da, wagte nicht, näherzukriechen, wagte nicht einmal, daran zu denken, dass er um sie herumgehen und ihnen ins Gesicht schauen könnte.

Aber er spürte ihre Anwesenheit, wusste, dass sie ihn bemerkt hatten. Schatten und Säulen, Dunkelheit und Mondlicht wie ein Mosaik auf dem Boden, ein Geruch nicht nur aus Erde und Nacht und Vergessenheit, sondern auch mit einer kleinen Erinnerung, einer winzigkleinen bittersüßen Erinnerung an Weihrauch, Ehrerbietung und Messen, an Opfertiere und Anbetung und eine mächtigere Musik, als irgendein Mensch heutzutage ertragen könnte, denn die Halle war so groß und hoch, um genügend Platz für sich zu haben – das alles schloss sich um ihn, langsam, und lähmte seine Furcht, bis er schließlich ruhig und fügsam wurde.

Und dann, nach langer Zeit, sprach er. Es war eine erbärmliche dünne Klage im Halbdunkeln.

„Ich bin bloß ein kleiner Dieb", flüsterte er, „und ich weiß nicht, was ich machen soll. Ich bin hier reingefallen – und jetzt komm ich nicht mehr raus. Nie bin ich richtig satt, und überall, wo ich hinkomme, werde ich gleich wieder weggejagt. Heute habe ich ein Geschenk bekommen, aber es war ein Drachenei. Was soll ich nun mit meinem Leben anfangen?"

Der Junge schwieg, und die vier schwiegen, und das Mondlicht wanderte unmerklich über den Boden.

Dann aber sprachen die Gottheiten.

Sie sprachen nicht im Chor, sondern abwechselnd; wenn eine Stimme verstummte, übernahm eine andere. Der kleine Dieb kniete weit hinter ihnen im Schatten, er lauschte mit halboffenem Mund, fast hätte er sogar das Atmen vergessen. Er war ja nicht gerade verwöhnt – und niemand erzählte ihm Geschichten, und er hatte noch nie eine Münze übriggehabt, um sich die Schattenbilder in dem großen Zelt auf dem Badeplatz anzusehen. Nun aber …

Nun bekam er wundersame Dinge zu hören. Kaiser und Königinnen wurden vor ihm heraufbeschworen. Er sah Karawanen aus fremden Ländern kommen, er sah Sklaven rebellieren und ihren Herren das Haus über dem Kopf anstecken – ja, ach ja, hauchte der kleine Dieb bei den Bildern von verkommenen Geschöpfen, die sich in Schatzkammern die Taschen vollstopften und lachten und jubelten, halb verrückt vor Freude, über Krügen voll von schwerem roten Wein. Er sah eine Stadt, in der alle reich waren, in der niemand Hunger litt, in der alle Menschenschinder geschlachtet und begraben waren. Er sah die Menschen auf den Straßen tanzen, ein junges Mädchen lächelte ihn an, sie war in Flammen und Federn gekleidet. Er sah weiß gewandete Staatsmänner um einen Tisch sitzen und neue Intrigen aushecken. Er sah Schiffe übers Meer kommen, eine Flotte mit feuerroten Segeln, er sah Brand und Tod und Plünderungen: Er sah eine Stadt, die keine Stadt mehr war, deren Straßen treibende Asche waren, er sah, wie sich Gottes heiliges Feuer über den Horizont schwang und über einem Land glühte, in dem sich nichts mehr rührte. Er sah andere Schiffe kommen, und Fremde bauten dort, wo die alte einst gewesen war, eine neue Stadt auf. Er sah Maschinen und Maultiere, er sah das Kleinste, das es gab, und das Allergrößte: Räder in Rädern, ein langsamer, unaufhaltsamer Tanz, ein Muster, das sich dauernd veränderte und doch immer gleich blieb: Vom Anfang bis zum Ende, vom Kleinsten bis zum Größten.

„Ja", flüsterte der kleine Dieb, als die letzte Stimme verstummt war. „Ja! So ist es! So und nicht anders!"

Er kniete bewegungslos da. Was immer geschehen sein, was immer hier gewesen sein mochte, nun war es verschwunden. Die Luft war nicht mehr von Erinnerungen gefüllt, die Stille lastete schwer auf seinen Ohren. Der Boden war ein einfacher Steinboden. Dunkelheit war Dunkelheit.

Er blieb lange dort sitzen, für den Fall, dass eine der vier Gottheiten ihm noch etwas zu sagen hätte, schließlich aber erhob er sich, verbeugte sich vor den weißen Steinrücken und machte sich auf die Suche nach einem Weg aus dem Tempel. Und weil er so klein und dünn war, fand er einen: an den zusammengestürzten Steinquadern hinauf, durch den Spalt, durch den das Mondlicht fiel, und durch das Dornengestrüpp, das die Öffnung verdeckte. Als er endlich draußen war, ließ er sich auf einen umgekippten Baumstamm fallen, atmete gierig die frische Nachtluft ein und versuchte, wieder zur Besinnung zu kommen.

Aber je mehr sich sein Bewusstsein klärte, umso weniger wusste er, was die vier ihm eigentlich erzählt hatten.

Er versuchte, sich zu erinnern, aber es entglitt ihm immer wieder. Wörter und Sätze und wunderbare Ereignisse – was hatten sie denn bloß gesagt? Er mühte sich ab, um es zu erfassen, doch er schaffte es nicht, am Ende war er nicht einmal mehr sicher, ob sie dieselbe Sprache wie er gesprochen hatten, oder überhaupt eine Sprache, die von lebenden Menschen benutzt wurde; er runzelte die Stirn und Missmut überkam ihn.

Was nutzte ihm denn das Wissen darüber, wie die Dinge sich zutrugen und zusammenhingen? Das Einzige, was er brauchte, war eine Möglichkeit, sein Leben zu fristen.

„Blöde Scheißgötter!“, flüsterte er, erhob sich schließlich und trottete von dannen, ziemlich niedergeschlagen, in die Richtung, aus der er gekommen war. Am Osthimmel tagte es, noch kaum merkbar, der Mond war verschwunden, und der kleine Dieb konnte

nicht sehen, wohin er seine Füße setzen sollte. Er stolperte über etwas, und als er nach-
sah, war es eine alte Ratte, die sich auf den
Weg geschleppt hatte, um dort zu sterben.

So tief bin ich noch nicht gesunken,
dachte der Junge, dass ich krepierte Ratten
fressen müsste! Er wollte der Ratte einen
Tritt verpassen, hielt aber inne und blieb für
einen Moment stehen, dann bückte er sich
und hob die Ratte an ihrem haarlosen
Schwanz hoch.

„Ich muss wohl eins nach dem anderen nehmen und sehen, wie es geht", sprach
der kleine Dieb zu sich. „Und Drachen fressen doch alles, das weiß ich immerhin."

Dann ging er nach Hause, um den
Drachen zu füttern.

Und wenn das Ganze einen Sinn haben soll, dann wohl ungefähr diesen: Nicht
jeden Tag verehrt dir das Leben einen Drachen. Aber wenn du erst einen hast, hat es
keinen Sinn, fortzulaufen, und auch Klagen
darüber, wie ungerecht alles ist, helfen nicht.
Wenn du einen Drachen bekommst, dann
hilft nur eins:

Dann musst du den Drachen füttern!

*Die Geschichte wurde erstmals veröffentlicht
in: Das Drachenei – Autorinnen in Norwegen, hrs. Gabriele Haefs & Christel Hildebrandt, Zeichen & Spuren Verlag, Bremen,
1987*

Blumengesicht

Ness Owen

Den drei Flüchen seiner Mutter nach konnte Llcu keine sterbliche Frau bekommen. Seine Mutter verweigerte ihm einen Namen, Waffen, um sich selbst zu verteidigen, und das Glück menschlicher Liebe, nach der sie sich selbst verzehrte. Seine Onkel zogen ihn als ihr eigen auf und waren in der Lage, die ersten beiden Flüche durch Gerissenheit und starke Zauberkraft zu brechen, aber am letzten Fluch, ohne Liebe zu leben, scheiterten sie. Als sie die Hoffnung aufgeben mussten, machten sie sich daran, eine Frau für Lleu zu erschaffen. Sie sollte aus Blumen entstehen; aus edler Eiche, zarten Weidenkätzchen, Mädesüß und gütigem Geißklee. Ihr Name sollte Blodeuedd – Frau aus Blumen - lauten. Doch in ihrem großartigen Werk hatten Lleus Onkel das Gesetz der Natur übersehen: Niemand wird als erwachsene Frau geboren.

Hier liegt mein Anfang. Wer erinnert sich an die eigene Geburt? Ich konnte einfach den Schrecken nicht vergessen, in diese Welt voller unverständlicher Regeln geboren zu sein, ohne die beruhigende Milch einer Mutter. Ein Kind im Körper einer Frau.

Wie alle Kinder beobachtete ich und lernte von den Zauberern, wenn sie taten, was ihnen gefiel, und wenn sie nahmen, was sie wollten. Sie vergaßen, dass ich sie beobachtete. Ich heiratete Lleu, wie es mir gesagt wurde. Die Onkel verkündeten, dass so ein herrliches Paar ein großes Reich benötigte, und so wurde uns das Königreich Ardudwy gegeben. Die Burg, die Felder und die Wälder waren von Bergen geschützt, und erhoben sich hoch am grenzenlosen Meer. Lleu war so freundlich, wie er schön war. Ich hatte keinen Grund, mich zu beklagen. Lleu war großzügig und es war leicht, in die Rolle der pflichtbewussten Frau zu fallen. Der Hof war zufrieden, das Land gedieh und die Ernten waren reichlich, ich war umgeben von Freude.

Plötzlich bekam Lleu Heimweh nach seinen Onkeln, die ihn stets so behütet hatten, wie jedes Kind behütet werden sollte, und sehnte sich danach, sie zu sehen. Er küsste mich zum Abschied und versprach, so schnell er konnte zurück zu sein.

Unser Zimmer war kälter, nachdem er gegangen war, aber ich gewöhnte mich daran, die Stille zu genießen. Mir selbst überlassen, wanderte ich durch unseren Hof, bis ich jeden Winkel kannte. Ich bedrängte meine Mägde und Wächter so lange mit endlosen Fragen, bis sie keine Antworten mehr wussten. Mein Wissensdurst versiegte nie. Als die Tage kürzer wurden, wurde ich wagemutiger. Ich verließ die Burgmauern und dehnte meine Erkundigungen weiter ins Königreich aus.

Draußen flüsterten die Blumen mir zu: Komm mit uns. Komm mit uns, wenn du leben willst. Zuerst streifte ich in der Nähe des Waldes, vorsichtig bedacht, die Mauern der Burg nicht aus den Augen zu verlieren. Doch das Flüstern wurde lauter und die Düfte des Waldes erfüllten meine Nase und weckten mich des Nachts aus meinen Träumen. Ich konnte sie nicht länger ignorieren und folgte dem Pfad dorthin, wo Geißklee und Mädesüß blühten. Süß und schwer dufteten sie, sie brachten mich zu einem Ort vor meiner Erinnerung: zu Wärme, Zufriedenheit, Zuhause.

Auf einmal fiel die Traurigkeit meines Lebens von mir ab und Fragen rasten durch meinen Geist. Zurückgehaltener Ärger brach durch meine Haut und erweichte meine Knochen. So legte ich mich zwischen die Blumen und hörte zu. Sie erzählten mir von ihren Gaben, von Klarheit, Licht, Ehre, und lehrten mich, mich wie sie dem Waldwind zu beugen und den Regen zu lieben. Sie sagten mir, dass ich weitergehen müsste, aber der Pfad war zu Ende.

„Wie soll ich wissen, welchen Weg ich gehen soll?", fragte ich. In meinen Ohren erklang die Antwort. Lass deine Füße einen neuen Weg finden.

Immer weiter ging ich, ein Schritt folgte dem anderen. Meine Augen öffneten sich dem Grün und meine Ohren öffneten sich jedem neuen Vogelgesang. Ich ging, bis ich eine prachtvolle Eiche erreichte, deren Äste sich mir grüßend entgegenstreckten. Ich verbeugte mich vor ihr. Sie sagte mir, dass ich eines Tages das Geheimnis ihrer Stärke verstehen und die Kraft des Wählens finden würde. Als es an der Zeit war, verließ ich sie und ging dorthin zurück, von wo ich gekommen war.

Ich fühlte den Donner des Hufschlags, bevor ich die Jagdhörner hörte. Lauter und lauter kamen sie aus allen Richtungen, und meine Schritte wurden hastiger und hastiger. Je schneller ich lief, je weiter schien die Burg entfernt, doch ich wusste, ich musste das Burggelände erreichen. Nach Atem ringend, gaben meine Beine nach, als ich nach den Wächtern rief.

„Es kommt jemand," rief ich, „lasst das Tor herunter!" Sie kamen mir entgegen und sagten, es sei nur der benachbarte Lord.

In der Nähe des Fensters hockend, sah ich die vorüberziehende Gruppe. Es geschah im Augenblick eines eingehaltenen Atemzuges, dass ich ihn sah und mein Herz sich öffnete. Es gab keinen Teil von mir, der sich nicht nach ihm gesehnt hätte, und so wies ich meine Wachen an, in hereinzubitten.

Sein Name war Gronw. Sonnenver-
brannt und stark war er, ein edler Jäger. Später begrüßten wir uns in den Gärten. Ich
reichte ihm meine Hand. Meine Haut krib-
belte bei seiner Berührung und sein Atem
wurde schneller bei meiner. Unfähig unsere
Gedanken zu verbergen, sprachen wir drei
Nächte über die Unmöglichkeit unserer Liebe.

„Eines ist sicher," sagte er, als er eine
Locke von seinem Haar schnitt und mir in
die Hand legte. „Wir werden keinen Frieden
finden, solange Lleu lebt." Er verließ mich
mit dem Versprechen zurückzukommen,
wenn ich einen Weg gefunden hätte, mich
von Lleu zu befreien.

Ich erwachte allein und erhielt die
Nachricht, dass Lleu auf dem Heimweg war.
Sie kleideten mich an, um ihn am Tor zu be-
grüßen. Er war entzückt, seine Frau zu sehen, und ich fragte mich, ob meine Augen
mich verraten würden, aber er sah darin nur
sein eigenes Spiegelbild. Die Reise und die
Trennung von seinen Onkeln hatten ihn erschöpft, und innerhalb kurzer Zeit schlief er
auf meinem Schoß ein. Ich wartete, bis sein
Atem tief und langsam ging, dann legte ich
seinen Kopf vorsichtig auf ein Kissen. Als ich
mit meiner Hand durch seine Haare fuhr,
verfingen sich einige Strähnen an meinem
Ehering. Hell und golden, ich legte sie zu
Gronws dunkler Locke in meine Hand, dann

wickelte ich beide in ein Taschentuch und schlüpfte hinaus in den Wald.

Der Weg war schnell gefunden. Ich pflückte Geißblatt und Mädesüß vom Wegesrand. Als ich bei der Eiche angekommen war, legte ich die Blumen und die Haarsträhnen an ihren Stamm und bettelte: „Was soll ich tun?"

Ich lauschte, aber kein Wort drang zu mir. Enttäuscht flehte ich: „Bitte, ich muss es wissen."

Der Waldwind umwirbelte mich, fegte die Blumen und die Haarsträhnen auf, und sie umkreisten den Stamm schneller und schneller, bis sie zu eins verschmolzen, und sie zogen mich mit sich. Die Eichenäste krachten über mir. Blütenpollen fielen wie Nieselregen. Unfähig zu sehen, langte ich nach der Eiche, um mich festzuhalten. Der Boden unter mir bebte und polterte, aber ich hielt mich an der Eiche fest. Als die Erde sich letztlich beruhigte, öffnete ich meinen Augen, um zu sehen, was vor mir lag: Erde, Licht und Wasser. Alles, was ich brauchte. Mein Königreich war hier.

Die Weisen wissen, was geschaffen wurde, kann nicht aufgelöst werden, und ich wusste, dass ich, die Blumenfrau, letztlich eine Wahl hatte. Ich wandte mein Gesicht von der Burg ab und ließ meine Wurzeln in die Erde sinken. Hier nun beginnt meine Geschichte. Jeden Tag wird meine Haut dunk-

ler und ich wachse, strecke mich immer höher zum Licht. Schau genau hin und du wirst
mich finden, die größte Eiche des Waldes, zu
deren Wurzeln immer noch gütiger Geißklee
und zarter Mädesüß wachsen.

Übersetzt von Karin Braun

Das Kätzchen und die Stricknadeln

Rudolf Franz

Es war einmal eine arme Frau, die in den Wald ging, um Holz zu lesen. Natürlich ohne Erlaubnisschein: eine billige Manier, sich Feuerung zu verschaffen, wodurch solche Leute sich aber nicht abhalten lassen, über die unerschwinglichen Preise für Feuerungsmaterial zu jammern. Als sie mit ihrer Bürde auf dem Rückwege war, sah sie ein krankes Kätzchen hinter einem Zaun liegen, das kläglich schrie. Halt! dachte sie, das gibt einen guten Braten zu Martini; damit nahm sie das Tier in ihre Schürze und trug es nach Hause. Als ihre beiden Kinder das Kätzchen sahen, wollten sie es gleich zum Spielen haben, aber die Frau gab es ihnen nicht, keineswegs deshalb, weil sie fürchtete, die Kinder könnten das Tier quälen, sondern, weil sie es erst noch recht fett mästen wollte, damit der Braten umso schöner würde. Sie gab ihm also täglich zwei Liter Milch zu trinken, woraus man also sieht, dass auch die Redensart von der Milchteuerung aus der Luft gegriffen ist, denn es kommt selbst so besitzlosen Volk gar nicht auf vier oder fünf Groschen täglich an, wenn es gilt, einen leckeren Festtagsbraten vorzubereiten. Das bedauernswerte Kätzchen merkte natürlich nichts von den hinterlistigen Absichten der „gastfreundlichen" Familie, besaß aber doch den richtigen Instinkt, nachdem es sich tüchtig voll Milch getrunken hatte und wieder gesund war, eines Tages einfach zu fliehen. Als die Frau das entdeckte, bekam sie einen Wutkrampf nach dem andern und schwor hoch und heilig, oder vielmehr niedrig und profan, die nächste Katze, die sie erwischen würde, auf der Stelle in den Bratentopf zu schmeißen, und wenn sie noch so mager wäre. Aber das Kätzchen in seiner unschuldigen Güte beschloss obendrein, die Frau für ihre „Gastfreundschaft" zu belohnen. Und so stand denn eines Tages, als das Weib wieder Holz stahl, eine vornehme Dame am Wege und warf der entsetzten Diebin fünf Stricknadeln in den Schoß. Die Person sagte natürlich nicht Danke, sondern schimpfte im Stillen auf die Gabe und nannte die Dame einen knickerigen Geizdrachen. Zu Hause schmiss sie dann mit einem kräftigen Fluche gegen die Reichen jene Nadeln auf den Tisch. Aber als sie am anderen Morgen danach sah, lag da ein Paar neue Strümpfe, fertig gestrickt. Die Frau brummte, das wäre zwar auch nichts Großartiges, aber man könne sich's wenigstens gefallen lassen, vorausgesetzt, dass die Stricknadeln so fortfahren würden. Und sie fuhren in der Tat fort. Jeden Morgen lagen neue Strümpfe da, und die Frau und

ihre Kinder zogen bald sechs Paar übereinander an, um zu protzen. Und als sie immer
mehr Strümpfe bekamen, fingen sie einen
schwunghaften Strumpfwarenhandel an, so
dass bald die ganze Welt mit Strümpfen ver-
sorgt war. Da aber ging es bergab mit der Familie, denn sie fanden schließlich keinen Ab-
satz mehr für ihre Ware und saßen infolge-
dessen mitten in einem Berg von Strümpfen
dem sicheren Tod entgegen. Und als sie eine
Weile am Hungerstrumpf genagt hatten, taten sie das Gescheiteste, was sie tun konnten,
und hängten sich an ihren Strümpfen auf. So
geht es, wenn man aus Gier nach Katzenbra-
ten fremde Tiere verschleppt.

*Sozialdemokratisches Märchen, erstmals
veröffentlicht in: Die schönsten Märchen für
die nationale Kinderwelt, Birk Verlag, Bremen, 1911*

Lady Alices Vermächtnis

Joanna Sterling

Schragmüllerberg ist eine kleine Stadt am oberen Ende eines langen Tals. Geborgen liegt es zwischen hohen, schneebedeckten Bergen, die die Stadt und ihre Bewohner schützen. Die Stadt wurde vor einigen hundert Jahren gegründet. In der Mitte des Rathausplatzes steht eine Statue, die an Lady Alice erinnert, die berühmt für ihre Schönheit und Anmut war. Lady Alice stützt sich mit ihrer rechten Hand auf einen Gehstock, in ihrer linken hält sie einen Kelch. Lady Alice lebte mit ihrem Großvater, ihrem einzig lebenden Verwandten, in einem Schloss. Der alte Mann befürchtete, sie könne ledig bleiben. Als der schneidige, junge und geschniegelte Prinz Osman aus der Türkei herbeireiste und um Lady Alices Hand bat, stimmte der alte Mann gerne zu. Lady Alice war entsetzt über die Zusage ihres Großvaters und lief davon. Die Sage besagt, dass sie vor Prinz Osman, der sie unbedingt einholen wollte, ins Tal hinunter lief. Am Ende des Tals hielt sie inne, um sich zu erholen. Sie setzte sich auf einen großen grauen Felsen, unter dem just in diesem Moment eine Quelle entsprang. Außer Atem von der Verfolgungsjagd trank sie aus der Quelle. Wer hät-

221

te es gedacht, während sie trank, verschwammen ihre schönen Züge und ihr langes rotbraunes Haar wichen dem Gesicht einer alten Frau, die sich schwer über den Stock in ihren runzeligen Händen beugte, und die eine Hakennase und Haare am Kinn hatte. Als Prinz Osman näher kam, sah er die alte Frau und schrak zurück.

„Wo ist die schöne junge Frau mit wehenden rotbraunen Locken und Haut wie Seide, die gerade noch das Tal entlanglief?", fragte Prinz Osman die alte Frau. Sie zeigte lachend ihre schwärzlichen Zähne und wies zum Gipfel des Berges.

Ein kleines Dorf bildete sich um die Quelle und wuchs langsam zu einer Stadt heran. Die genaue Lage der Quelle und ihre Bedeutung gingen verloren. Die Stadt kümmerte dies nicht sehr. Die Statue von Lady Alice wurde aufgestellt und ein Wasserhahn in ihrem Sockel installiert. Von überall her kamen Menschen, die an die magischen Fähigkeiten des Wassers glaubten und davon tranken.

Elsbeth kam vor elf Jahren nach Schragmüllerberg, um im Café ihres Onkels zu arbeiten. Elsbeth gefiel die Stadt, der es trotz all der Besucher gelang, ihren altertümlichen Charme zu bewahren. Am Ende ihrer ersten Sommersaison fragte Elsbeth ihren Onkel, ob sie bleiben könne. Er war hocherfreut und sagte, sie könne in die Wohnung über dem Café ziehen. Das Café lag an der Südseite des Rathausplatzes, mit Blick auf die Statue der Lady Alice, und erfreute sich sowohl bei den vielen Besuchern, als auch den Bewohnern großer Beliebtheit. Vor dem Lokal standen unter gelbweißen Sonnenschirmen Tische mit gleichfarbigen Tischdecken. Als ihr Onkel starb, hinterließ er ihr das Café. Als Besitzerin eines der größten Cafés in Schragmüllerberg entschied sie, dass es an der Zeit sei, aus der Wohnung auszuziehen, und bezog ein kleines Haus, das auf einem der niedrigeren Hänge eines der Berge lag, die die Stadt umgaben.

Es war Dienstag der 17. August, der Jahrestag, an dem die Stadt ihr Wohlergehen feierte. Bei diesem Fest wollte es der Brauch, dass alle unverheirateten Mädchen, in Weiß gekleidet, um den Rathausplatz paradierten und jede einen Bund Rosmarin, gebunden mit einem violetten Band, am Fuß von Lady Alices Statue niederlegte. Um nicht wieder in die Parade gezogen zu werden, entschied Elsbeth sich für einen Spaziergang. Sie bemerkte eine Straße, die von der Südseite des Rathausplatzes aus der Stadt hinausführte. In den elf Jahren, die Elsbeth nun in Schragmüllerberg lebte, war ihr diese Straße nie aufgefallen. Aus der Entfernung hörte Elsbeth die Blaskapelle und die Parade. Die stille enge Straße wurde gesäumt von einigen schmalen Häusern mit direkt zum Bürgersteig öffnenden Türen. Es gab dort einen Schreibwarenladen, einen Kurzwarenhändler, eine Eisenwarenhandlung und einen Hutladen. Ziemlich am Ende der Straße befand sich ein Laden ohne Namen. Als Elsbeth durch das Fenster spähte, sah sie, dass dort neben allerlei Nippes und Möbeln Stoff verkauft wurde. Vorsichtig drückte sie gegen die Tür und wurde vom Klang einer Glocke überrascht. Keine Lampe brannte und es roch nach Mottenkugeln.

„Hallo, Hallo, ist da jemand?"

Keine Antwort. Elsbeth quetschte sich zwischen Tischen, Stühlen und einer mit verschossenem Samt gepolsterten Chaiselongue hindurch in den hinteren Teil des Ladens.

„Hallo, hallo, ist hier jemand?"

Noch immer keine Antwort. Elsbeth griff nach einer mit grünen und blauen Blumen dekorierten Schale auf einem der Tische, stellte sie aber sofort zurück, da sie von einem Schmierfilm überzogen war. Elsbeth wischte ihre Finger an der Vorderseite ihrer Jeans ab. Gerade als sie entschied, dass sich hier nichts von Interesse für sie befand, fühlte sie eine Bewegung an ihren Beinen. Sie blickte nach unten und entdeckte eine rotbraune Katze, die zu ihr hinaufsah. Elsbeth vernahm ein Geräusch, das nach umgeworfenen Kisten klang.

„Hallo, ist da jemand?"

Weitere Geräusche kamen aus der Tiefe des Ladens. Elsbeth kniff die Augen zusammen und starrte in die Düsternis, ohne etwas zu erkennen, hörte aber definitiv ein Schlurfen. Da erschien aus dem Halbdunkel eine kleine alte Frau, die in ein buntes Umschlagtuch gewickelt war. Elsbeth bemerkte, dass sie violette Schnürstiefel unter ihrem grauen Rock trug.

„Kann ich ihnen helfen. Suchen sie etwas Bestimmtes?"

„Nein, ich kam zufällig vorbei."

Die Frau mit dem Umschlagtuch warf Elsbeth einen fragenden Blick zu. Elsbeth trat von einem Fuß auf den anderen, dann drehte sie sich um, um die Flucht zu ergreifen. Als sie sich in Richtung Tür in Bewegung setzen wollte, entdeckte sie einen achteckigen Tisch mit einem Messingtablett, auf dem ein einzelnes Glas stand. Sie war sich sicher, dass es nicht dort gestanden hatte, als sie den Laden betreten hatte. Es wäre ihr aufgefallen. Der Tisch war poliert, das Tablett glänzte, alles war blitzsauber.

Das langstielige grüne Glas war unten mit weißen Blumen verziert. Elsbeth konnte nicht widerstehen, hob es hoch und drehte es langsam in ihrer Hand.

„Hübsch, nicht wahr?", sagte die alte Frau.

Elsbeth drehte das Glas hin und her und ließ es das wenige Licht im Laden einfangen.

„Es ist einzigartig, das Glas hat besondere Kräfte."

„Ach, an solchen Unsinn glaube ich nicht," sagte Elsbeth.

„Wirklich?"

Für einen Moment standen die beiden Frauen schweigend da.

„Also, was sind die besonderen Kräfte?"

„Das kann ich Ihnen nicht sagen. Sie müssen es kaufen und mit nach Hause nehmen, dann werden Sie es sehen."

„Ach wirklich." Auf diesen alten Trick würde Elsbeth nicht hereinfallen. Trotzdem fragte sie, wie viel es kosten sollte. Die Alte rieb sich mit ihrer linken Hand die Stirn, dann ihren Ellenbogen und kniff sich letztlich in die Nase. In dem Moment entdeckte Elsbeth einen großen Ring mit einem violetten Stein, an der linken Hand der Frau. Sogar in der Düsternis des Ladens funkelte der Stein. Es pulsierte und glühte. Sie starrte in die Tiefe des violetten Ozeans. Elsbeth bemerkte, dass sie schwankte, und griff nach der Tischkante, um sich zu stützen.

„Geht es Ihnen nicht gut, meine Liebe?

„Mir geht es gut," antwortete Elsbeth, sie riss sich zusammen und schluckte hart, um der Übelkeit, die sie zu überkommen drohte, vorzubeugen.

„Woher kommt das Glas?", fragte Elsbeth.

„Das kann ich nicht sagen."

„Können oder wollen Sie nicht? Wie wollen Sie denn wissen, dass es so besonders ist?"

„Ich weiß es einfach, ich fühle es. Fühlen Sie es nicht?"

Elsbeth zog die Augenbrauen hoch. „Ich bin mir nicht sicher."

„Vielleicht sollten Sie es bei sich zu Hause sehen. Ich könnte es Ihnen heute Abend um acht vorbeibringen. Sie brauchen es nicht jetzt mitzunehmen, Sie haben ja keine Tasche dabei."

Der violette Stein funkelte vor Elsbeths Augen und wieder fühlte sie, dass sie schwankte. Zögernd gab sie der Alten ihre Adresse und ging langsam zurück zum Café.

Für den Rest des Tages hatte Elsbeth reichlich zu tun, mit all den zusätzlichen Gästen, die für die Parade in die Stadt gekommen waren, sodass sie keine Zeit hatte, über alte Frauen, strahlende grüne Gläser und Ringe mit violetten Steinen nachzudenken. Sie musste sich auf Kaffee, belegte Brote und Eiscreme konzentrieren. Der neue Geschmack „Schwarzwald-Entzücken", war ein großer Erfolg. Auf ihrem Heimweg entschied Elsbeth, einen Schwenk zu dem Laden zu machen. Es war nur ein kurzer Umweg. Zweimal umrundete sie den Rathausplatz in der Hoffnung, die Straße wiederzufinden, was ihr aber nicht gelang. Nach einer fruchtlosen Viertelstunde gab sie auf. Sie war wütend auf sich selbst, weil sie der Alten auf den Leim gegangen war.

Punkt acht Uhr, klopfte es hart an der Haustür. Durch das Glas konnte Elsbeth die Silhouette der alten Frau mit einem Korb, in dem sich die Katze befand, erkennen.

„Ich habe Ihr Glas," die Alte hielt es Elsbeth entgegen und sie sah, dass in dem Grün goldene Funken strahlten.

Die alte Frau betrat das Haus.

„Kommen Sie doch rein," rief Elsbeth, als sie der Alten in den Garten folgte. Dort gab es ordentlich angelegte Gemüsebeete, einen Apfelbaum und einen Haufen grauer Felsbrocken.

„Ich hörte, in Ihrem Garten gibt es eine Quelle."

„Stimmt, aber woher wissen Sie das?"

„Dort entlang?" Die Alte zeigte auch den grauen Felshaufen und wieder überraschte sich Elsbeth dabei, wie sie auf den violetten Stein starrte. Ihr war heiß und sie konnte die Schweißtropfen spüren, die auf plötzlich ihren Nacken hinunterliefen.

„Lassen Sie uns von der Quelle trinken." Die alte Frau erhob das Glas und die goldenen Flecken fingen das Licht ein. Elsbeth war kraftlos und nicht in der Lage zu widersprechen, als sie beobachtete, wie ihr teurer Glaskelch in das aus dem Felsen sprudelnde Wasser getunkt wurde. Nie zuvor hatte sie über die Quelle nachgedacht, sie war einfach ein Teil ihres Gartens. Mit einer Gewandtheit, die Elsbeth überraschte, beugte die Alte sich nieder und fühlte das Glas bis zum Rand und schluckte das Wasser in einem langen kontrollierten Zug. Dabei geschah etwas sehr Seltsames. Das Haar der Alten wechselte seine Farbe vom Schneeweiß der Berggipfel zu Rotbraun. Die runzligen Hände und das Gesicht wurden weich und rosig. Die Haare am Kinn zogen sich zurück. Auch die gestrickte Jacke und der langweilige graue Rock verschwanden und wurden durch enge Jeans und einen cremefarbigen Pullover ersetzt. Nur noch das bunte Schultertuch, die violetten Stiefel und der Ring erinnerten an die Alte. Die nicht mehr alt, sondern nun eine erstaunlich schöne Frau war. Elsbeths Herz setzte einige Schläge aus.

„Wie? Was ist gerade geschehen?"

„Du musst doch die Sage kennen? Wer aus dieser Quelle trinkt, wird verwandelt. Beide Richtungen sind möglich. Lady Alice wurde zu einer alten Vettel und für mich funktioniert es anders herum. Mein Name ist Vanessa."

„Wie lange hält es an?"

„Wer weiß. Ist es wichtig?"

„Aber ja, natürlich. Hast du eine Vorstellung, wie wunderschön du bist?"

Vanessa und Elsbeth lebten glücklich mit Osman, dem rotbraunen Kater, in dem Haus auf dem Hang des schneebedeckten Berges. Sie betrieben weiterhin das Café, erfanden neue Geschmacksrichtungen für Eiscremes, wie Pflaume und Vanille, Stachelbeere und Schokolade und Türkischer Honig und Kiwi. Einmal im Monat trank Vanessa ein Glas Wasser von der Quelle. Die Magie funktionierte weiter und regelmäßig machten die Bewohner von Schragmüllerberg eine Bemerkung darüber, wie jung Vanessa doch aussah.

Übersetzt von Karin Braun

Die Geschichte von Espen Aschenputtel

Gudmund Vindland

Vor langer langer Zeit, im kleinen Land Belladormia, das östlich der Sonne und westlich des Mondes lag, stellte es sich heraus, dass die süße kleine Kronprinzessin Møyfrid gar nicht mehr so klein war. Sie war nämlich in die Pubertät gekommen, die niedliche Kleine, und deshalb musste unverzüglich eine Reihe von Maßnahmen ergriffen werden. Das meinte jedenfalls ihre Mutter, die große Königin Lydia, die eine mächtige und prächtige emanzipierte Frau war und gern im Land das Matriarchat eingeführt hätte. Niemand fragte ihren Gemahl, den König Ohnewas, ob er mit diesem Plan einverstanden wäre, denn niemand legte besonderen Wert auf seine Meinung. Lydia hatte Møyfrid eine freie, moderne Erziehung verpasst. Wie gewisse andere Leute hatte die Prinzessin ihr Leben lang bekommen, worauf sie gezeigt hatte, und da war es kein Wunder, dass sie auch jetzt bestimmen wollte – jetzt, wo sie Haare unter den Armen hatte und sich einen Lebensgefährten zulegen sollte. „Wen willst du denn, mein Kind?", fragte Lydia. „Ich will den Mann unter fünfundzwanzig, der unten die größte Ausrüstung von ganz Belladormia hat", antwortete Møyfrid sofort. Lydia zuckte nur ganz kurz mit der Wimper, dann sagte sie: „Den sollst du haben, meine Tochter, ich muss nur eine unbedeutende Bedingung stellen. Männer aus den unteren Klassen kommen nicht in Frage, vergiss nicht, wir suchen einen Prinzgemahl!" Damit musste sich Møyfrid abfinden, ob sie wollte oder nicht, und vom Schlosse ging nun das Gebot aus, dass sich am nächsten Morgen um neun Uhr alle passenden Bewerber vor dem Tor anstellen sollten. Und ich muss schon sagen, da herrschte dann ein gewaltiges Gewühl! Über zweihundert fesche junge, adelige Freier hatten sich versammelt – und einer nach dem anderen wurde ins Schloss geführt. Kronprinzessin Møyfrid saß auf ihrem Thron, um sich ein Bild von den Qualifikationen der Kandidaten zu machen, und neben ihr saß Königin Lydia, um sich davon zu überzeugen, dass alles sein Richtigkeit hatte, als einer nach dem anderen hoffnungsvoll vor den Thron trat, die Hose aufknöpfte und seine Aktiva vorzeigte. Leider hatte Møyfrid in den Schatzkammern des Schlosses aber schon viel größere Aktiva gesehen. Was hier vorgeführt wurde, waren da im Vergleich schon fast Passiva, und sie sagte: „Nein, nein, nein, igitt und abermals nein!", bis sämtliche Freier mit hängenden Ohren und arg geschrumpft nach Hause getrottet waren.

Die Kronprinzessin war untröstlich. „Schickt neue Boten aus", befahl sie, und so geschah es dann auch. Am nächsten Tag saß Møyfrid abermals unzufrieden auf dem Thron und wies mit pfui und igitt und ach und weh eine Ladung optimistischer Bürgersöhne ab – und so geschah es am folgenden und dann wieder am Tag darauf. Schon bald gab es in Belladormia keine Kandidaten mehr, und nun wurde auch in den Nachbarländern gesucht, aber besser wurde es dadurch nicht. Der Sommer verging und Kronprinzessin Møyfrid auf ihrem Thron wurde immer trauriger. Fett wurde sie auch, und sie machte ein saures Gesicht, weil die Warteschlange vor dem Burgtor immer mehr schrumpfte.

Aber dann erreichte die Botschaft aus dem Schlosse den nördlichsten Winkel von Belladormia, wo die drei Brüder Peter, Paul und Espen Aschenputtel ganz allein auf einem verfallenen Gutshof hausten. Sie waren zwar alle drei gewaltige Faulpelze, aber als sie die große Neuigkeit vernommen hatten, sattelten Peter und Paul doch gleich ihre Pferde und ritten von dannen. Der jüngste Bruder aber sollte zu Hause bleiben und das Haus hüten. Er war ja auch nicht weiter sehenswert, der kleine Espen Aschenputtel, klein und dünn und jämmerlich saß er den ganzen Tag in der Asche – nein, den zum Königsschloss zu schicken hätte wahrlich

233

keinen Sinn gehabt. Aber kaum waren die Brüder mit den beiden guten Pferden davongeritten, als Espen mit seinem hellen Stimmchen laut fluchte und auf den Boden spie und den Schwur tat, dass auch er sein Glück versuchen würde. Und er sattelte den alten Ackergaul und machte sich auf den Weg – und dabei war er doch so klein!

Er ritt bei Tag und er ritt bei Nacht und er ritt weiter als weit, und als er sich endlich der Hauptstadt näherte, musste er durch einen Wald, der tiefer war als jeder Wald, den er jemals gesehen hatte. Und dort, mitten auf einer Lichtung, sah Espen plötzlich ein kleines Vogeljunges, das hilflos mit den Flügeln schlug. „Brrr!", sagte Espen, denn er war so lieb und herzensgut, wie er klein und mickrig war. Er sprang aus dem Sattel, hob das Vogeljunge auf, kletterte auf den Baum und legte es zurück ins Nest. Aber kaum war er wieder in den Sattel gestiegen, da ging ein Brausen durch den Wald und vor ihm stand plötzlich die gute Fee in ihrer ganzen Pracht und Herrlichkeit, und sie sagte: „Jetzt warst du so lieb, kleiner Espen Aschenputtel, so lieb, dass ich dir einen Wunsch erfülle, aber den musst du dir gut überlegen, denn du hast nur diesen einen einzigen Wunsch frei!"

„Da brauche ich nicht lange zu überlegen, ich weiß genau, was ich will", antwortete Espen Aschenputtel, denn er war so klug und aufgeweckt, wie er klein und mickerig und herzensgut war. „Ich möchte so ein Geschlechtsorgan wie das des Pferdes, auf dem ich hier sitze."

„Das ist klug gewählt, das sollst du haben!", rief die gute Fee und verschwand – und so kam es dann auch. Der weitere Ritt war nun leider ein wenig schmerzhaft für den armen Espen Aschenputtel, aber am nächsten Morgen erreichte er dann endlich das königliche Schloss. Und dort schritt er breitbeinig an den wenigen wartenden Bewerbern vorbei, begab sich in den Thronsaal, ließ seine Hose sinken, und Kronprinzessin Møyfrid brach in Freudengeheul aus und rief: „Meine Güte! Hurra, hurra – den oder keinen!" Und Espen Aschenputtel wurde zum Prinzgemahl ausgerufen und die Hochzeit dauerte drei Tage!

Die Königin Lydia aber fragte sich, wieso der kleine Prinz weiter unten mit solchen Talenten gesegnet war. Sie stellte ihn zur Rede, und Espen Aschenputtel, der so ehrlich und wahrheitsgetreu war, wie er lieb und hilfsbereit und klug und klein und mickerig war, erzählte ihr von seiner Begegnung mit der guten Fee. Weshalb König Ohnewas gleich am nächsten Morgen mit seinem ganzen Gefolge in den Wald reiten und nach aus dem Nest gefallenen Vogeljungen Ausschau halten musste. Er hatte fünfundzwanzig Hofschranzen zu seiner Hilfe, aber so sehr sie auch suchten, keiner fand auf dem Boden ein hilfloses Vöglein. Erst am dritten Tage, als Hoffnung, Geduld und Proviant fast zur Neige gegangen waren, rief eines Vormittags der persönliche Adjutant des Königs: „Brrr! Herr König, hier liegt ein Vogeljunges auf dem Weg!" Und richtig. Dort lag ein frisches lebendiges Stückchen Federvieh und wollte wieder ins Nest gehoben werden. Aber das Nest saß sehr hoch oben und König Ohnewas war kein guter Kletterer, deshalb mussten die Hofschranzen ein Gerüst mit einem Flaschenzug errichten und den König dann hochhissen – worauf Majestät das Vöglein dann höchstselbst ins Nest legten. Als Ohnewas endlich wieder auf dem Boden stand, ließ er sich prustend und schnaufend auf sein Ross schieben und stemmen, der Arme, und dann rief er laut: „Jetzt komm schon, du Mistfee!" Und darauf ging ein Brausen durch den Wald, und vor dem König manifestierte sich die vor Lametta nur so funkelnde gute Fee und sprach: „Das war lieb von dir, guter König. So lieb, dass du einen Wunsch freihast. Aber überleg es dir gut, denn du hast nur diesen einzigen Wunsch!"

„Hahahahahaha!", lachte König Ohnewas. „Dann will ich genau so ein Geschlechtsorgan wie das des Pferdes, auf dem ich hier sitze." – „Na, wenn du meinst", erwiderte die gute Fee. „So sei es!" Damit war sie verschwunden – zusammen mit einem kleinen, aber wichtigen Detail. Und es dauerte abermals drei Tage, bis der König mit seinem Gefolge wieder im Schloss eintrafen - mit hängenden Ohren und erschöpft von Hunger und Jammer.

Es war nämlich so, dass des Königs Ross Esmeralda hieß und eine stattliche vollblütige Stute war, und obwohl sich König Ohnewas alle Mühe gab, der Königin die Wahrheit zu verheimlichen, kam doch in einer mondhellen Nacht alles an den Tag. Als die stolze Königin entdeckte, was passiert war, erlitt sie einen so starken Schock, dass sie schreiend durch das Schloss rannte und sich dann in ihr Gemach zurückzog, wo sie keine andere Nahrung mehr zu sich nahm als Eierlikör und Majonäse. Und so kam es, dass sie nach zwei Monaten an Unterernährung starb, und der Zufall wollte es, dass alsbald die Kronprinzessin von einer tückischen Krankheit dahingerafft wurde. Der König und der Prinzgemahl aber lebten noch lange glücklich und zufrieden im Schlosse, und wenn sie nicht gestorben sind, dann leben sie noch heute!

Übersetzt von Gabriele Haefs

Der Bach

In diesem Bach baden
die Füße in Unschuld

über diesem Bach flattern
Wolkenlaken im Wind

An diesem Bach biegen sich
Bäume schütteln die Kronen

da beugt sich der König herab

packt das Übel an der Wurzel
und schafft es aus der Welt.

Marion Hinz

Kurzbios

Brigitte Beyer, geboren in Hannoversch Münden, studierte in Bonn Alte Geschichte, Germanistik, Keltologie, Ägyptologie und Volkskunde und promovierte über einen Pharao. Sie lebt im Rheinland und forscht und schreibt über die Matronen, Flur- und Ortsnamen und regionale Geschichte. Zuletzt erschien von ihr das Reisebuch „111 Gründe, die Schweiz zu lieben".

Åse Birkenheier, Ende 1944 in der kleinen Gemeinde Tresfjord an der norwegischen Westküste geboren und aufgewachsen, lebt seit 1969 in Deutschland. Nach dem Studium der Anglistik und Germanistik an der Universität in Oslo unterrichtete sie viele Jahre Englisch und Deutsch an verschiedenen deutschen Schulen und arbeitete nebenbei als Dozentin für Norwegisch an der VHS in Koblenz, wo sie mit ihrer Familie heute noch lebt. Schon seit der Studienzeit interessiert sie sich besonders für Lyrik und Märchenkunde und hat mehrere Bände norwegischer Volksmärchen ins Deutsche übersetzt und herausgegeben. Seit Anfang der 1990er Jahre widmet sie sich zunehmend der Tätigkeit als literarische Übersetzerin.

Karin Braun, Jahrgang 1957, geboren in Pinneberg. Floh die Kleinstadt schnell. Es folgten kurze Auflüge in verschiedene Berufe, um schließlich beim Schreiben zu landen. Karin Braun lebt in Kiel und arbeitet als Autorin, Literaturbloggerin, Herausgeberin. Kurz: sie macht was mit Büchern.

Olea Crøger, (1801-1855) war Norwegens erste bedeutende Volkslied- und Märchensammlerin. Die Märchen, die sie vor allem bei alten Frauen in der Region Telemark aufgezeichnet hatte, passten jedoch nicht zur Vorstellung der Herren, die über Veröffentlichungen entschieden, und ruhten deshalb noch 150 Jahre nach ihrem Tod in Archiven. Das ändert sich jetzt!

Isabelle de Col, fing schon mit 14 Jahren an zu schreiben, sie lebt in der Bretagne, arbeitet vor allem als Märchenerzählerin und schreibt selbst Geschichten im traditionellen Stil. Auf Deutsch sind mehrere Erzählungen in Anthologien und Zeitschriften erschienen. ihre Geschichte wurde erstmals veröffentlicht in: Keltische Hexengeschichten, hrsg. Gabriele Haefs und Rachel McNicholl, Verlag Frauenoffensive München 2002, und übersetzt von Henrikje Hartung.

Mick Fitzgerald, geb. 1951 – gest. 2016 in Dublin, Autor, Musiker und Schauspieler dortselbst. Seine 5. Solo-CD, „Cabra Songs", erschien 2014. Diese Geschichte wurde erstmals veröffentlicht in: Mick Fitzgerald: „Session", Songdog Verlag, Wien, 2010, und übersetzt von Gabriele Haefs.

Kersten Flenter, geb. 1966 in Hannover, freier Autor, sein Roman „Ein Drehbuch für Götz" (zusammen mit Torsten Nesch) erschien 2012 im Satyr Verlag, „Schön war's. Und schön wird's gewesen sein." – Hörbuch 05/2020.

Rudolf Franz, geb. 1882 – gest. 1956, Journalist und Schriftsteller, sein Buch "Die schönsten Märchen für die nationale Kinderwelt" erschien 1912.

Martha Frei, geb. 1956 in Berchtesgaden, arbeitete über vier Jahrzehnte lang in der Gastronomie sowie als Museumsaufsicht in einem der größten Stadtschlösser Europas. Von Kindesbeinen an sind das Schreiben, Lesen, Fotografie und Wandern ihre größten Leidenschaften.

Dörte Giebel, geb. 1970, studierte Germanistik und arbeitet heute als Social Media Managerin, Texterin und Literaturübersetzerin. Während eines Sabbatjahres entdeckte sie die Schriftstellerin Regine Normann und reiste auf deren Spuren durch Norwegen. 2017 organisierte Dörte Giebel eine Online-Spendenaktion, um eines der beliebten blauen Gedenkschilder in Oslo zu finanzieren; es hängt heute an der Hauswand in der Stensgate 3, wo Regine Normann fast 30 Jahre lang wohnte. Dörte Giebel übersetzt Regine Normann, die Geschichte von Regine Normann wurde erstmals veröffentlicht in: Det gråner mot høst. Nordlandssagn, Aschehougs Forlag, Oslo, 1930.

Michael Habel, Jahrgang 1963, schrieb 1972 seine erste Kurzgeschichte, einen Krimi. Weitere folgten ab 1981 im New-Wave-Magazin „Hungrige Herzen" in Hamburg. Nach Volontariat und Studium wendete er sich dem Journalismus zu. Seit vier Jahren ist er als Galerist des popstreet.shop mit Basis im Hamburger Karoviertel tätig und als bildender Künstler („MicArt63"), nahm er 2020 zum Beispiel an „Annas Art Affair" auf Helgoland teil. Und nun freut er sich, hier sein erstes Märchen veröffentlichen zu dürfen.

Gabriele Haefs, geb. 1953 in Wachtendonk, Autorin und Übersetzerin in Hamburg. 2019 „111 Gründe Wales zu lieben".

Hendrikje Hartung, geboren 1973, studierte Romanistik und Skandinavistik, derzeit Lektorin für Norwegisch in Hildesheim, veröffentlicht Artikel zu ihren literarischen Fachgebieten und übersetzt schon seit vielen Jahren die Geschichten von Isabelle de Col.

Christel Hildebrandt, geb. 1952 in Lauenburg, arbeitet seit 1988 als Übersetzerin aus den skandinavischen Sprachen.

Marion Hinz, geb. 1946 in Bad Schwartau, lebt seit 1982 vor den Toren Lübecks in Stockelsdorf. Die Autorin ist Mitglied der GEDOK Schleswig-Holstein. Ihre Gedichte erschienen in Anthologien und Literaturzeitschriften. 2014 war sie mit ihrem Gedicht „Weibsbilder" bei der Aktion Hildesheimer Lesezeichen vertreten. Ihr Lyrikband „Leicht ist mein Herz" erschien 2015 im Husum Verlag. www.marion-hinz.de.

Ulrich Joosten, Jahrgang 1956, ist seit mehr als drei Jahrzehnten Musikjournalist im Bereich Folk- und Weltmusik. Seine Spezialge-

biete sind Singer/Songwriter, deutsche Folk-
musik und Bordunmusik. Er war Mitgrün-
der, Mitherausgeber und Endredakteur der
Musikzeitschrift Folker, für die er heute noch
schreibt. Als Musiker spielt er in der Forma-
tion *Gambrinus* Drehleier und Gitarre. 2014
erschien sein Roman „Der Weg des Spiel-
manns", über einen jungen Adligen, der
nicht Ritter, sondern Minnesänger werden
möchte.

Margaret Kirk, schreibt 'Highland Noir' -
Schottische Fiction mit düsterem Hintergrund, die in ihrer Heimatstadt Inverness
oder deren Umgebung spielen. Ihr erster Roman, Shadow Man, erhielt 2016 den ersten
Preis des Good-Housekeeping-Wettbewerbs
für einen Romanerstling. Das dritte Buch mit
Kommissar Lukas Mahler in der Hauptrolle
Book 3 In The Blood, spielt auf Orkney und
erscheint im April 2021.

Alexander Mochalov, geb. 1952, in Kirov –
Russische Förderation. Als Elektroingenieur
arbeitete er im Management und in der Pro-
jektierung der Energiewirtschaft und des Na-
turschutz.
Jetzt ist er als Energieberater bei dem Um-
weltschutzamt Kiel tätig. Die Märchen, die er
sich früher für seine Töchter ausgedacht hat,

sammelt er nun für seine Enkelkinder. Das Märchen über Danilkas Abenteuer ist das erste.

Erna Osland aus Westnorwegen ist eine der bedeutendsten Jugendbuchautorinnen Norwegens, mehrere ihrer Bücher liegen in deutscher Übersetzung vor. 2005 schrieb sie die Märchensammlung „Perfekte Par", („Perfekte Paare"), als Gruß an den Kollegen Hans Christian Andersen, aus dieser Sammlung stammt unsere Geschichte.

Mari Osmundsen schrieb einige ungeheuer erfolgreiche Romane, in denen sie norwegische Wirklichkeit mit magischen Elementen verband. Ihre Faust-Variante „Gode Gjerninger" („Gute Taten") erschien 1987 in deutscher Übersetzung als „AufBegehren". Um das Jahr 2000 zog sie sich aus der Öffentlichkeit zurück, seither ist nichts Neues mehr von ihr veröffentlicht worden.

Ness Owen stammt von Ynys Môn in Wales, ist Theatermacherin und Dichterin. Sie schreibt auf Kymrisch und auf Englisch. Ihre Gedichtsammlung „Mamiaith" erschien 2019. Ihr Gedicht „Lobsgaws" wurde in der deutschen Fassung „Labskaus" mehrfach nachgedruckt, zuletzt 2019 in „111 Gründe, Wales zu lieben".

Joanna Sterling, geb. 1958 in London, wo sie den Großteil ihres Lebens verbracht hat. Autorin und Herausgeberin der On-Line-Literaturzeitschrift „The casket of fictional delights". Joanna teilt ihr Haus mit ihrem Mann und einer stetig wachsenden Sammlung von Broschen, von denen sie vielen bereits ein literarisches Denkmal gesetzt hat. https://thecasket.co.uk/.

Gudmund Vindland schrieb 1979 mit „Villskudd" einen der erfolgreichsten norwegischen Romane aller Zeiten – den ersten Coming-out-Roman, bei dem es viel zu lachen gibt. Auch die deutsche Ausgabe „Der Irrläufer" wurde über dreißig Jahre lang immer wieder nachgedruckt. Gudmund Vindland lebt in Oslo und veröffentlicht im Schnitt alle 10 Jahre einen neuen Roman. Der nächste ist für 2021 angekündigt.

Inhaltsverzeichnis

Zeitfracht Medien GmbH
Ferdinand-Jühlke-Straße 7
99095 Erfurt, Deutschland
produktsicherheit@kolibri360.de